十手婆 文句あるかい
火焔太鼓
和久田正明
時代小説
二見時代小説文庫
JN190638

目次

十手婆　文句あるかい

——火焔太鼓

第一章　七人殺し

一

ガラッと油障子を開けると、お鹿が予想していた通りの光景がそこにあった。

長屋の一軒で、馬喰の父親伝六が大あぐらで昼間から酒をかっくらい、柱に五、六歳ほどの少女お咲が後ろ手に縛られ、哀れな姿で立たされているのだ。

伝六は日に焼けた憎々しき面相の中年で、人というより獣と呼んだ方がいいのかも知れない。

一方のお咲は痩せ細って顔色悪く、ろくに食べていないから発育さえも遅れているようだ。うなだれ、お鹿の方を見る気力もなさそうで、着ているものなどはもう秋だというのに、薄っぺらな夏の浴衣のままである。

お鹿は五十五の婆さんだが、世間並のそれとは違って、女ながらも強い存在感を持っている。

そのお鹿が土間に立ち、ギロリと伝六を睨んだ。

「おう、おまえさん、そこにいるのは血を分けたわが子だろ」

伝法な口調で言った。

「なんだ、くそ婆ぁ。人の家に勝手にへえるもんじゃねえ。とっととうせろ、この大馬鹿野郎が」

「なんだって自分の子にそんなひどい仕打ちをするんだい。縄を解いてやらないかえ。すぐに解くんだよ」

「やかましい。親が子に躾をして何が悪い。他人にとやかく言われる筋合はねえんだぞ」

「子供にろくに飯を食わさないで、柱に縛りつけるのが躾だってのかい。そんな親があるものか。ヒデ、スケ、入んな」

そう呼ばれた二人の若者、秀次と多助がぬっと入って来た。彼らはお鹿の伜たちで、異母兄弟だ。共に怒りの表情で伝六を睨んでいる。

お鹿が目で指図すると、秀次と多助は無言でズカズカと上がり込み、伝六に猛然と襲いかかった。主に秀次が伝六を殴りつけ、多助は蹴りに廻る。足が滑って多助は一度は転んでしまう。秀次に睨まれ、多助は慌てて蹴りつづける。

喚きまくるも、二人の若者の烈しい暴行を受けて伝六は何もできない。やがて悪態をつきながらへたばった。

お鹿は上がって来てお咲に屈み、縛めを解いて自由にしてやると、ひしと抱き寄せて、

「つらかったろ、よっく辛抱したね」

「ううん、悪いのはあたしの方なの。お父っつぁんの言いつけを守らなかったんだから」

健気なことを言う。

「そんな言いつけなんざくそっくらえさ。このまんまじゃ殺されちまうからね、町名主さんが引取ってくれるって言ってるよ。さあ、一緒にお出で。うまいもん食わせたげる」

「本当？」

お咲の顔に光が差した。

お鹿はお咲を多助に託し、秀次と多助は先に出て、お鹿は倒れたままの伝六に屈ん

で、

「おまえのこの有様じゃかみさんに逃げられるのも当然だ。まっ、子供を置いて逃げちまった母親も母親だけどね。大家さんも出てってくれって言ってるよ。子供は町内預かりでみんなで育てるからおまえはどっかへ行っちまいな。心を入れ替えて戻って来るってんならそれもいいけど、町の衆が許すかどうか」

「このくそ婆ぁ、てめえ、どこの何様でえ」

這(は)いつくばったままで伝六ががなった。

「よくぞ聞いてくれた」

お鹿は芝居がかった仕草で皮肉に笑い、

「あたしゃ入船町(いりふねちょう)に住むお鹿というもんさ。文句があるんならいつだってお出でな。待ってるよ」

心張棒(しんばりぼう)をつかみ取り、「この人でなし」と言うや、伝六の脳天をガツンとぶっ叩いた。

痛みに大仰(おおぎょう)に喚き、伝六が転げ廻った。

二

深川入船町は三十三間堂の南東、島田町の南で、三箇所に散らばってある。周辺には汐見橋、入船橋、金岡橋、平野橋と、四方八方に橋が巡らされ、海が近いから汐風がいつも吹いている。大風（台風）の時などは吹き飛ばされる家が何軒もあるほどだ。

また洲崎や木場にも近く、西へ行けば繁華な深川八幡界隈が近いので、入船町は決して寂れた町ではない。

岡っ引き入船町の駒蔵は三十の時に深川へ移って来て、入船町に居を構えた。以来、三十年になる。以前は南本所にいたのである。移転のきっかけは駒蔵の再婚だった。

本所時代の二十半ばの時に結婚をし、男の子を一人授かった。しかし女房は産後の肥立ちが悪く、子を産んで一年後に没した。

女房は神田須田町の指物師の娘で、元より惚れ合って一緒になったのだから、駒蔵は奈落の底へ突き落とされる思いを味わった。

乳呑み児を抱えながら、それでも駒蔵は捕物に出精した。預かってくれる人がいない時などは、赤子をおぶってまでして捕物に出張(でば)った。背なで赤子が泣けば、あやしながらである。

ある時、追い詰められた盗(ぬす)っ人(と)が駒蔵のその姿を見るや、逃げるのをやめ、「早くけえって赤子を寝かしてやれよ」と言って両手を突き出した。見るに見かねたのだ。

駒蔵は意気に感じ、南町奉行所定町廻(じょうまちまわ)り同心江守忠左衛門(えもりちゅうざえもん)に盗っ人の減刑を頼んだ。盗っ人にはやはり幼な児がいたのだ。

江守忠左衛門は駒蔵抱えの同心の立場で、二人の親密な仲はその時から始まっていて、つうと言えばかあの、阿吽(あうん)の呼吸で強い絆(きずな)に結ばれていた。それは今も変わっていない。

駒蔵の再婚相手がお鹿であった。

お鹿は本所柳島町(やなぎしまちょう)の名代蕎麦屋天神庵(そばやてんじんあん)の娘だ。父親横兵衛(よこべえ)、母親お関(せき)夫婦は姉妹をこさえ、姉の方は五年前に流行(はや)り病いで他界してしまった。お鹿は看板娘になって、店を切り盛りしていた。

二人が知り合った時、駒蔵は三十、お鹿は二十五だった。人の世話ではなく、きっかけはお鹿が引き起こした事件であった。

お鹿の家の近くに平(ひら)の市(いち)という中年の按摩(あんま)がいて、彼は学があり、お鹿につれづれなるままにいろいろな教養を授けてくれた。古典の読み物から軍事講釈まで、多岐(たき)に亘(わた)っており、「お目が不自由なのにどうしてそんなに学があるんですか」とお鹿が聞くと、平の市は十五までは目が見えていたのだと言った。

ある日、平の市が宗門改(しゅうもんあらた)めの役人に御用弁(ごようべん)となった。平の市は隠れ切支丹(キリシタン)だったのだ。

訴人したのは平の市とおなじ長屋に住む東八(とうはち)という遊び人で、東八はそれによって銀五百枚の報奨金(ほうしょうきん)をせしめた。だが所詮(しょせん)は悪銭身につかずで、東八はひと夜にして報奨金を博奕(ばくち)で失った。

賭場(とば)帰りの東八を、六尺棒を握りしめたお鹿が待ち伏せしていた。いきなり東八に襲いかかり、棒で袋叩きにした。平の市の意趣返(いしゅがえ)しである。東八は足腰の立たぬほどの大怪我(おおけが)を負わされ、お上(かみ)に訴えた。

お鹿は縄を打たれた。

自身番(じしんばん)にしょっ引かれても、お鹿に動じる様子はなかった。自分は間違ったことはしていないという信念に貫かれていて、覚悟の上でやったことなのだ。ふた親と水(みず)盃(さかずき)の別れもしていた。それほどに平の市への恩義が強かった。江戸っ子女は義理堅く、腹が据わっているのだ。

お鹿の詮議に当たったのが駒蔵で、その時の駒蔵はもういっぱしの岡っ引きとして鳴らしていた。

初めてお鹿を見た時、駒蔵にときめくものがあった。お鹿にはどこか亡き女房を彷彿とさせる面影があり、しかもまっしぐらな正義心を持っているのがわかったから、こういう女を罰したらこの世は闇だと思った。

それで駒蔵独自の判断で、お鹿をすぐに放免にした。江守忠左衛門は経緯を知るや、何も言わずに容認した。

東八は怒りまくったが、おめえは酔っぱらって夜道で勝手に転んだんだろうと駒蔵に凄まれ、言葉を返せなくなった。東八は叩けば埃の出る躰なのだ。事実、自堕落な東八には旧悪があり、江守はそれを暴いて東八をお縄にした。嫌疑は賭場の悶着で、東八は過去に壺振りを半殺しにしていたのだ。大の男を半殺しにする腕力がありながら、お鹿には反撃できずに叩きのめされたのだから、なんとも不思議である。

そうして東八は寄場に送られ、二年経って放免されたものの、躰を壊しておっ死んだ。

お鹿の方も駒蔵にひと目惚れだった。

知り合って一月もした頃、二人は祝言を挙げた。その席には三つになる駒蔵の伜秀次がいた。子連れはお鹿も納得ずくだったのだ。

そうして結婚を機に深川に転宅し、一年が過ぎた頃、お鹿は身籠もった。生まれた子は多助と名付けられた。

十手持ちの駒蔵は表では厳しい顔を見せているが、家へ帰ればごく尋常な亭主であり、父親だった。

所帯を持ってからあっという間の三十年だった。

その間、お鹿のふた親の横兵衛とお関はこの世を去り、名代蕎麦屋の天神屋も本所から消えた。駒蔵の方のふた親、兄、姉も、係累のほとんどが鬼籍に入った。

今では秀次はおぶんという幼馴染みと所帯を持って、深川永代寺門前山本町の椿長屋に暮らしている。子はまだない。多助は入船町の実家にふた親と暮らしていて、独り者である。

駒蔵の計らいで、秀次はすでに岡っ引きとして一本立ちさせていた。江守に頼み、去年に十手を賜ったのだ。多助はまだ駒蔵の下っ引きという立場で、十手は頂戴していない。

だが多助は江守の花押が捺された手札を持たされていた。出先で素性などを問われた時に『南町奉行所定町廻り同心江守忠左衛門』の名が記された手札がものを言うのだ。

だから秀次は独立した岡っ引きとして動いていて、駒蔵はまだ現役だから、多助を下っ引きとしてしたがえ、捕物に励んでいる。

家族はいつも一緒という駒蔵の考えで、晩飯は五人揃って食べることになっていた。日の暮れ前からおぶんがやって来て、お鹿の飯の支度を手伝うのが日課だ。

家の間取りは、八帖一間、六帖二間、三帖二間の五部屋で、裏土間も広く取ってあり、庶民の家としては大きい。しかし秀次や多助がまだ小さい頃、下っ引きの若者三人を同居させていたのだ。それだけの人数で生活していたわけだから、決して広くはないのである。

日がな一日、張込みや聞込み、捕縛などで疲れて帰って来る三人を、女二人が暖かく迎えるという寸法だ。全員が揃ったところで飯になるが、大捕物などで帰れない時は女二人のどちらかが現場に弁当を持って行くこともあった。武家の堅苦しさほどではないにしても、町人でもちゃんとした家であれば、昔は皆こうした家父長制が当たり前だった。それで一家の統率がとれていたのだ。

秀次はいなせな男前、気性も竹を割ったようなので駒蔵の若い頃を思わせた。ところが多助の方はお鹿の父親が隔世遺伝したのか、パッとしない顔立ちだ。うらなり瓢

煙草に火を付け、苦い顔で紫煙を燻らせながら言った。お鹿は生来の煙草好きなのだ。

どっしり目方があり、今日のお鹿の装いは丸髷に横櫛、毛筋立てを挿し、縞の着物に黒衿、帯は表裏の異なる俗にいう鯨帯で、後ろの結び形は密夫結びにしている。渡り髪結のような若作りで粋な拵えだが、浮いてはおらず、それがお鹿の人柄にぴったり合っている。五十五になった今でこそ、人から『お鹿婆』と言われたりもするが、若い頃はいい女で鳴らしたものだった。

お鹿は人一倍正義感が強く、力のない弱者や不運に見舞われた者たちなど、善人が理不尽な目に遭って縄を打たれたりすると、俄然その人の無実晴らしに燃え立つのである。平の市のことは今でも頭をよぎり、無念の思いがこみ上げてくる。東八のような男はいつの世にもいるのだ。

年寄だからといって、それ相応な婆さんになろうとは思ってなく、そういう意味ではお鹿はまったく枯れておらず、一も二もなく人の救済に立ち上がるのだ。一途に情熱を燃やすそういうものがあるからこそ、お鹿は老けないのかも知れない。

「子供にあれだけのことをしといて只で済むわけがねえ。父親は馬喰仲間とも仲違いして評判もよくねえ。親方がまず叱りつけて、それでも改めねえんなら所払いぐれえにゃなるだろうぜ、江守様もご立腹よ」

「子供はどうしてる」

「町名主さんがたらふく食わせたら、櫃の飯をみんな平らげちまったんだとよ。泣かせるじゃねえか。今は町名主さんがあっちこっちに声を掛けて、里親探しをしてるぜ」

「ちょっとお待ちよ、もう少し様子を見たらどうなんだい。逃げた女親が戻って来るかも知れないし、男親だって心を入れ替えるってことも」

「甘えな、おめえは。人間、そんなに都合よく変われるもんじゃねえよ。母親はふしだらで、男と逃げちまった。父親だってあの調子だから改心なんぞするものか」

「おっ母さん、あたしもお父っつぁんの言う通りだと思うわ。お咲って子、折角泥水のなかから助け出してやれたんだから、今はいい里親の許で育ててやるべきよ」

「おぶん」

何か言いかけて、お鹿はやめた。

おぶんに異論を唱えられても、お鹿は強く抗弁できない。日頃、おぶんは何かと多助に目を掛けてくれるから、どうしてもその引け目があるのだ。

「でもさ、子供は実の親と一緒にいられんのが一番なんだよ。そのうちお咲はふた親のどっちかを思い出して恋しがるだろうよ。どんなにひどい親だって思い切ることなんてできやしない。そうあって欲しいじゃないか」

お鹿の言うのは正論だから、それ以上の異論は出なかった。

するとと秀次がぽつんと言った。

「おれぁ幸せもんだぜ、おっ母さん」

男前の頬が酒に染まっている。

「どうしてさ、秀次」

「少なくもおれぁまともな親に育てられた。だからこうしてまっすぐ成長できたんだ。お父っつぁんとおっ母さんのお蔭だよ」

お鹿は駒蔵と見交わし、満足げな笑みになって、

「嬉しいよ、おまえにそう言って貰えると」

「タハッ、なんだか照れ臭えや」

「多助さん、おまえさんだってうちの人とおなじ思いよね」

おぶんが水を向けると、あにはからんや、多助は不満顔を見せて、

「おれぁそのう、兄貴の陰に隠れて育ったんでそうでもねえ。いつだって兄貴第一で、飯の盛りつけもおれの方が少ねえんだ。ひがむなって言われたって無理な話よ」

いじけた言い方をした。本音はそうでないにしても、時に多助は自虐的なもの言いをするのだ。

「スケ、聞き捨てならないじゃないか。いつあたしがおまえの飯を少なく盛ったってんだい」

「い、いや、おっ母さん、冗談だよ、冗談」

お鹿に叱られ、多助はうろたえる。

おぶんはプッと吹いて、

「その割には多助さん元気がいいじゃない。いつかうちの人を出し抜いて手柄を立ててやるって、あっちこっちで吹聴してるって聞いたわよ。ご飯もよく食べるし」

「アハッ、よくもバラしやがったな、義姉さん。そうともよ、おれぁいつか兄貴を飛び越えて、大泥棒でも捕めえて男を上げるのさ」

「おめえに捕まる大泥棒がこの世にいるってか」

「なんだと、いくら兄貴でもそういう言い草は許さねえぞ」

「だったらどうだってんだ」

「表へ出てもいいぜ」

「おれにぶん殴られて赤っ恥掻くだけじゃねえか」

多助はすぐにへこんで、

「ち、畜生、そんなこたわかってらあ」

「だからよ、悪足掻き(わるあがき)はよせってんだ」

「義姉さん、助けてくれ」

おぶんは苦笑混じりに、

「兄弟仲良くやるしかないのよ。内々で言い合っている間にも、どこかで誰かが泣かされてるかも知れないでしょ。そっちの方が大事なんだから」

「わかった、義姉さんの言う通りだ。兄貴、おれにもいっぺえ飲ませろ。くそっ、こうなったらやけ酒だ」

「やめとけ、おめえのこった、酒なんか飲んだらひっくりけえっちまうぞ」

「うるせえ、今日は飲みてえ気分なんだ」

秀次の盃をぶん取り、一丁前(いっちょうまえ)の男を気取って無理に酒を飲み、とたんに多助は息が詰まってもがき苦しみだした。秀次とおぶんがやむなく介抱(かいほう)してやる。

いつもの兄弟のじゃれ合いのようなものだから、お鹿は笑いを怺(こら)えて相手にせず、駒蔵と酒を酌(く)み交(か)わして、

「おまえさん、秋が深まってきたみたいだ。寒くなると早いからねえ」

しみじみと言った。

「うん、そうだな。おっと、いけねえ。うっかりしてたら玄猪を過ぎちまったぜ。明日から炬燵を出しなよ」

「あいよ」

炬燵と聞いて、おぶんは喜び、

「もうそんな時節になったんですねえ、嫌だわ、一年がすぐ経っちまって」

旧暦では十月から冬となり、初旬の亥の日は玄猪といい、万病を祓ったり子孫繁栄を願う。武家では玄猪の餅を、町家では牡丹餅を食べる習わしだ。これは自家製だから家中揃って糯米を蒸し、小豆を煮る。

この日はまた炉開きをし、茶の湯では風炉をしまって炉を開き、炬燵を用意するのだ。

四

深川佐賀町の外れに小さな稲荷があり、男はその前まで来てふっと立ち止まった。

大川の滔々たる水音が聞こえている。

稲荷の明神鳥居の柱に、真っ白な太い蛇が巻きついていた。赤い舌をチロチロと出している。

蛇は冬眠のために秋が深まると穴へ入るのだが、その前に巷に未練を残してさまよっている奴を、季語として『穴惑い』とか『秋の蛇』などと呼んでいる。

男の顔に奇妙な惜別の情が浮かんだ。もう蛇に会えないのかと思い、心が揺さぶられるような風情だ。

男は浪人で室賀左膳といい、黒羽二重の引き解きの着物姿で、茶小倉の帯に朱鞘の大小を落とし差しにしている。くすべの鼻緒の雪駄を履いている。

室賀は三十前ではあるも、その面貌は凄味のある美男子で、長の浪々暮らしのせいか、うす汚れて尾羽打ち枯らした体は否めない。しかしその全身から漂う陰惨な翳は、決して尋常、只者とは思えないのである。

室賀は稲荷の前を通り過ぎ、佐賀町の裏通りへと向かった。

そこに『紅屋』なる軒看板を掲げた二階建のうらぶれた木賃宿があり、室賀は一顧だもせずに行き過ぎ、人けのない路地へ入ってどさっとしゃがみ込んだ。

ふところから竹皮包みの握り飯を取り出して貪り食う。食べている間、獣のような目を油断なく辺りに走らせている。人に見られたくないらしく、戦の前の腹拵えをしているようにも見える。

人の往来はなく、遠く苗売りの声が侘しく聞こえるだけだ。

そうしている間にも薄暮となり、やがて夜の帷が下りた。

室賀は竹皮を放ってのっそり立ち上がり、紅屋の方へ戻って行った。

宿はすでに大戸が下ろされ、灯は消えている。裏手へ廻り、勝手戸に近づいたところで油障子がパッと開き、女中のお君が笊を抱えて出て来た。まだ十七の頰の赤い娘だ。間髪を容れずに室賀が抜刀し、お君の胸に深々と白刃を刺し込んだ。声を出す間もなく、お君は前のめりに倒れ込み、そのまま息絶えた。

室賀は抜き身を握ったまま悠然と宿のなかへ踏込み、裏土間から板の間へと跳ね上がった。そこへ台所にやって来た料理番の国助と鉢合わせとなり、迷うことなく袈裟斬りにした。叫びかけるも、国助は敢えなく絶命する。

勢いは止まらず、室賀は奥の間へ向かい、帳場格子のなかで帳合をしていた主の福三、お久夫婦に近づいて行き、一刀の元に斬り伏せた。障子に血汐が派手に飛び散る。

次いで室賀は二階へ駆け上がって、相部屋の二人の泊まり客に次々に兇刃をふるった。

大道芸人の浪人堀田源三郎(ほったげんざぶろう)、猿廻しの団七(だんしち)が一瞬で斬り裂かれた。猿は危険を知って金切り声を挙げて逃げ惑った末、窓から屋根へ逃走した。

不気味な静寂が戻った。

室賀は刀を納めずに、間仕切りにしている衝立(ついたて)に残忍な視線を走らせた。そこに微かな気配があった。いきなり衝立を白刃でぶっ刺すと、その向こうで「ひいっ」と女の悲鳴が上がった。女客が隠れていたのだ。

室賀が衝立から刀を引き抜き、荒々しくそれを蹴りのけると、そこに旅人のお初(はつ)がひたすら面を伏せ、躰を縮めて震えていた。みすぼらしい身装(みなり)の、若いが田舎臭(いなかくさ)い女だ。

「お許し下さい、どうか許して下さいまし」

お初は室賀の顔を見ずに言い、震える両手を合わせ、青い顔で必死に命乞いをする。その顔は決して不器量ではなかった。

しかしなんの感情も表さず、室賀はお初をも脳天から斬り伏せたのである。

怖ろしく、忌(い)まわしき腥風(せいふう)が吹いて、凄惨(せいさん)な現場を荒らしまくった。

惨劇が発覚したのは翌朝だった。

紅屋出入りの蜆売りの少年杉作が、勝手口に倒れた血まみれのお君を見て仰天し、「お君さん、お君さん」と言って身を屈めて揺さぶった。だが冷たくなったその躰に触れて烈しい衝撃を受け、杉作はパッと飛び退いて茫然自失となった。

考え巡らせていた杉作はおぞましい顔で宿を見上げ、あまりに不気味に静まり返っているので、禍いはそれだけではないような気がしてきた。

そして十歳の少年ながら、恐る恐る宿のなかへ入って行ったのである。

五

未曾有の大事件に、月番の南町奉行所に激震が走った。

奉行岩瀬伊予守氏記は、与力詰所に年番方から三人、吟味方十人の与力のほか、市中取締諸色調掛、非常取締掛の与力などを集め、かならずや下手人を捕縛せよと、強い口調で下知した。

奉行が去ると、与力たちは席を立たず、おなじ詰所に吟味方隠密廻り、定町廻り、臨時廻りの同心ら三十四人を呼び集め、実際的な談合を持った。

そのなかでもっとも権限のある年番方の古参で、筆頭与力の高見沢監物が指揮を執った。高見沢は七十に垂んとする老人だが、矍鑠として衰えを知らぬ男だ。

そこで高見沢は、吟味方与力岡島小金吾を事件の宰領役に就かせた。

岡島小金吾は齢四十の気鋭で、これまでも数多の難事件を解決に導き、何人もの兇悪な下手人を召し捕ってきた誉れ高き経歴の持ち主で、南町にその人ありきと知られていた。

大事件に奉行所内は騒然とし、事件担当に岡島が決まったと聞くや、誰しもが納得し、彼が廊下を足早に歩いて来ると皆が一斉に道を開け、期待と畏怖の念を持って一礼した。

やはりこれも難事件であろうというのが、大方の見方だった。

数刻後、岡島はこれまでにわかっている事件の内容をつぶさに読み込み、再び大勢の同心たちを呼び集め、詰所の上座から概要を説明した。

「事件が起こったのは昨夜六つ半（七時）頃と思われる。と言うのも、その少し前の暮れ六つ頃に、出入りの酒屋の手代二人が註文の大徳利を届けに来ているのだ。その時にはなんの異変もなく、紅屋夫婦、料理番、女中らと顔を合わせている。小さな木賃宿ゆえ、宿はその四人だけで廻していたようだ。最初に紅屋の惨事を知ったのは蜆売りの童だが、下手人と遭遇はしておらぬ。また酒屋の手代たちも、怪しい人影などは見ていないということだ」

岡島は角張った顔を張り詰めさせ、一同を睨むように見廻して、

「わかっているのはそこまでだ。今のところ一切が不明で、死者七人の検屍を見るに、殺戮の道具は恐らく刀剣かと思われる。これは検屍に当たった医師の意見だ。下手人が何人いるのか、あるいは一人なのか、なんのためにこのような惨事を引き起こしたのか、すべては天のみぞ知るところだ」

同心たちはしんとして、固唾を呑むようにして聞いている。

「よいか。抱えている事件もあろうが、とりあえずはこっちを先に廻して詮議に当たってくれ。これより全員で回向院へ行き、七人の死骸をこの目で見ることにする。わしも同行するが、同心の采配は前原に頼みたい」

一同の視線が向けられ、老年の前原伊助はおどおどとした顔で見廻して、

「ど、どうもそういうことらしいのでよろしく頼む。ちょっと前に岡島殿よりご下命を頂き、正直まごついている。共に力を合わせてやろうぞ」

同心たちが賛同すると、さらに岡島が言った。

「もうひとつ、この一件には定廻りの江守忠左を采配の助とすることにした。わしの

一存だ。うまくやって貰いたい」

末席にひっそりと座す江守忠左衛門を振り返り、静かなざわめきが起こった。同格の同心仲間だけに、気が置けない。岡島は江守の腕を信頼していて、これまでも何かというと頼ってきた。

前原が江守の方へ振り返り、目顔でうなずき合った。前原と江守は同年齢の、竹馬の友のような極めて親しい間柄なのだ。

江守も前原に似て、飄々とした表情で皆の視線に応え、

「何せこの事件はひどい。長いことこのお役をやってきたがこんなことは初めてだ。正直申して驚きが隠せんな。わしも老骨に鞭打ってなんとしてでも下手人を挙げたい。月番が代わらぬうちに事件が解決できればよいな」

皆を鼓舞しているつもりだろうが、江守はのんびりとした口調だから、迫力がなく感じられた。

このようにして下命は水の流れのようにして納まる所に納まった。上意下達、縦割りの警察組織は今も昔も変わらないのである。

六

その日も暮れる頃、八丁堀の前原伊助の役宅に三人の男が集まった。

前原、江守、駒蔵である。

三人の年を足すと百八十歳になるが、決して老人会の集まりではなく、当然のことながらこたびの兇悪事件に関する情報交換だ。

因みに、前原と江守は隣家同士ということになる。事件のための談合ゆえ酒など出ず、三人とも渋茶を啜っている。

奥の院からひそやかな女たちのさんざめきが漏れ聞こえていた。前原には妻と三人の娘がいて、丁度娘たちが子連れで里帰りをしているのだ。

「とんでもねえ事件が起こりやしたねえ。こんなこた前代未聞じゃござんせんか。初めに聞いた時、まさかと思って俄にゃ信じられやせんでしたぜ。下手人の野郎はなんだって七人もの人間を手に掛けなきゃならなかったんでしょう。それもどう考えたって罪のねえ人たちだ」

駒蔵が口火を切ると、江守も苦々しくうなずき、

「七つの遺体を見たが、筆舌に尽くし難いものであったぞ。迷いはひとつも感じられず、ほぼ一刀両断の有様であった。よほどの使い手なのであろう。鬼の仕業としか思えんではないか、駒蔵」

「へえ、仰せの通りで」

「まさに人の皮を被った鬼だ。下手人は血も泪もないのじゃ。死骸を見た時、足が慄えたわ」

　前原が怒りを籠めて言った。

「それじゃわかっているところだけでも聞かせて下せえやし。どっかに取っ掛かりを見つけねえと」

　駒蔵が言うと、前原と江守は困ったような顔を見交わして、

「それはわかるが、その取っ掛かりがなきがゆえ、お手上げなのじゃよ、駒蔵」

　前原が眉間に皺を寄せて言い、

「下手人は七人を斬り殺し、そのまままいずこへか消えた。帳場の金、泊まり客の私物などには手を付けておらぬようだ。ものを漁った痕もないし、女たちは汚されておらぬ。つまり物盗りでないことは確かなのだ」

　すると江守が解せない顔になって、

「ではいったい何が狙いだというのだ。人の命を奪うことだけが目当てなら、そこいらで辻斬りでもすればよいではないか。わざわざ宿屋を襲っての皆殺しが、どうにもこうにも解せんぞ」

前原は腕組みして、

「気まぐれや酔狂ではあるまい。木賃宿紅屋になんらかの狙いがあったのに違いないわ」

「だからそれはなんであるかと申しておる」

「知るか、わしは下手人ではないのだ」

「下手人の身になって考えろ」

江守が言い募る。

「黙れ。わしにあのような残虐非道ができると思うか。到底考えも及ばぬわ」

考えに耽っていた駒蔵が、二人を交互に見やって、

「江守様に前原様、こういうことは考えられやせんかい」

「なんだ、申してみよ」

江守が先を急かし、前原もぐいっと駒蔵に見入った。

七

「ううっ」

紅屋裏手の勝手口に立ったとたん、お鹿は思わず口許（くちもと）を押さえて呻（うめ）き声を漏らした。表情もやや苦しそうだ。

そこに女中のお君が倒れていたと、駒蔵から知らされたからだ。地面は血溜りを吸い込んで黒ずんでいる。

翌日になって、お鹿、秀次、多助を伴い、駒蔵は岡っ引きとして事件現場を見に来ていた。

駒蔵に一緒に来てくれと言われた時、お鹿は兇悪な大事件ゆえに二の足を踏んだ。そんな事件現場に女が立ってどうするのか、という立場をわきまえた分別と、罪もない人々が大勢殺された現場など見たくないというのが本音だった。

しかし駒蔵は断るお鹿にそこをなんとかと言って食い下がり、同行を求めた。これまでもそうだったが、捕物に際してのお鹿の適切な判断や推量はいつも的（まと）を射ていて、鋭いのである。おぶんだけはこういうことには参加せず、椿長屋にいて家事をやっている。

火事場泥棒のような連中がいるから立入りを禁じ、紅屋の周りには杭を打って太縄を張りめぐらせてある。むろん家のなかにある金品などは、自身番の連中が持ち帰って保管していた。

町内自治の立場から自身番の家主、番人、店番の内の誰かが見張っているはずだが、今は席を外していない。

むろん駒蔵一家は検分の許可は得ていた。

お鹿の様子を見て、駒蔵は気が引けたようになった。

「お鹿、おれが言い出しといてなんだが、おめえに無理させるつもりはねえ。ここで待っていて、へえるのはよしにしな。すぐに済むからよ」

駒蔵が思いやると、お鹿は気丈なところを見せて、

「ううん、気遣い無用だよ。初めは嫌だったけど、ここへ来たとたんに、命を奪われた人たちの無念の思いを背負ってやりたくなったんだ」

「背負うって、そりゃどういうこった」

「あたしにゃそういう人たちの尽きせぬ思いや、怨みつらみなんぞをたまに感じることがあるんだよ。まだ浮かばれていないからね、きっと魂魄この世に止まっているの

さ」

　お鹿は霊能者じみたことを言う。

「そいつぁめえにもおめえの口から聞いたことがあるけどよ、それじゃ何か、おれの女房は尋常な人間じゃねえってのか」

　駒蔵の記憶でも、確かに何年かに一度、事件現場にお鹿が臨場する羽目(はめ)になり、今のようにおぞましい思いを告白したことがある。

「嫌だ、そんな目で見ないどくれな。あたしは尋常な女のつもりだよ。三十年も連れ添ったおまえさんが、一番よくわかってんじゃないか」

「ま、まあ、そうだけどよ、今日のおめえはなんだか違う人間に見えるぜ」

　多助は秀次と見交わして、

「おっ母さん、すげえや。まるで神懸(かみが)かりみてえだぜ」

　母親に畏怖の目を向けた。

　失笑するお鹿に、秀次が詰め寄るようにして、

「それでどうなんだ、おっ母さん。ここで死んだ人たちは、なんか訴えてるのかい。おれぁそういうの、疑わねえ口なんだ」

　するとはぐらかすようなことはせず、お鹿は正直に答える。

「うん、そうだね、何かしら目に見えない人の強い思いみたいなものを感じるよ。当たり前だよね、死にたくなかったんだから」

お鹿には子供の頃から摩訶不思議な能力、つまり霊感が具わっていて、それが時に目覚め、ある時は形のないまま彼女に迫ってくることがあった。

自覚したのは七歳の時で、家の裏手に住む常磐津の師匠が首を吊って自害したことがあった。美貌で知られた女だった。お鹿はたまたま裏庭の柿の木にぶら下がった彼女を見てしまった。その時、死体からもう一人の師匠の躰が抜け出たのをはっきりと見たのだ。抜け出たそれはやがてどこかへ消えてしまったが、消える瞬間、師匠はこの世に未練を残してか、お鹿に恨めしい視線を投げかけた。その目に見えない情念が、凄まじい力でお鹿を鞭打ったのである。七歳の子供にはつらく、重荷に感じられた。あれは魂が抜けたのだとお鹿は思った。師匠の自害は、男に捨てられたのが原因であった。その後、お鹿は墓参りをして供養してやった。

衝撃を受けたが、そのことをふた親にも姉にも言わなかった。それ以後、そういった類の体験は幾つかあった。師匠の自害を見た時からそうだが、不思議とお鹿に怖れの気持ちはなかった。厄介ではあるも、お鹿はいつの場合でも受け止めるつもりでいるので、格別追い払いたいとは思っていない。

最初の犠牲者のお君の場所を通り過ぎ、四人で家のなかへ入った。まずは血に染まった台所の板の間を見る。ここに料理番の国助が倒れていたのだと、駒蔵が紙片に見入りながら指し示した。その紙片は犯行現場の詳細を記した絵図で、江守忠左衛門から拝借してきたものだ。

お鹿は何も言わずに、じっとそこを見て次に進む。そこでの国助の思いは稀薄だった。

帳場は二人分の血が飛散したままで、惨劇の凄さを物語っていた。帳面、算盤（そろばん）、硯（すずり）、筆などが散乱していて、主夫婦の福三とお久が不意をくらってあの世へ消え去った様子が、お鹿ならずとも伝わってくる。空気がずっしり重たいのである。

次いで四人は二階へ上がり、相部屋を見廻した。

堀田源三郎と団七が斬り殺され、血の海がそのまま残っているから足の踏み場もない。

突然の理不尽な死と無念の思いは、そこにも残留していた。

「猿廻しは殺されちまったが、猿は逃げ延びたみてえだな、お父っつぁん」

秀次が言うと、駒蔵はうなずき、

「ところがいくら探しても猿の野郎はどこにもいねえ。見つからねえのさ。もっとも捕めえたところで、猿が役に立つとは思えねえけどな」

「へへへ、猿が生き証人になってくれたら面白えのによ。どっかの山にでもけえったんじゃねえのか。やはり野に置けお猿さんてな」

事件現場でのそういう軽口は、駒蔵も秀次も嫌いだから顰蹙を買うことになり、二人に睨まれて多助は首を引っ込めた。多助の他愛のなさは時と場合によっては困りもので、彼は空気が読めないのである。

そこでお鹿の様子に気づいた駒蔵が、二人を小突いてうながした。

倒された衝立の向こうを、お鹿は凝然と見ているのだ。そこにも血溜りができていた。

「どうしたい、お鹿」

「ここにお初って女の旅人の死骸があったんだね」

駒蔵が紙片に見入って、

「ああ、そうだ。この人だけが詳しい事情がわからねえのさ。手荷物のなかにも手掛かりになるものはなかったんだ」

手荷物の中身をお鹿が聞くと、そんな細かなことまでも駒蔵は帳面に書き記してあり、

「ごくごく当たりめえの旅の道具ばかりなんだ。いいか、三尺手拭いだろ、扇、矢立、糠袋、巾着、財布、耳掻き、硯箱、秤、針糸、風呂敷、髪結道具、蠟燭、綱三筋と、まっ、そんなとこよ。所持金は銭が多かったが、〆て一両二分だった。暮らしの金として、ものの高え江戸に長くいりゃそれぐれえは当然かからぁ」

「持ち物でどっかの屋号とか名前の入ってるものはどうだい。それがあれば手掛かりンなるよ」

お鹿の言葉に、駒蔵は首を横に振って、

「ないない尽くしで申し訳ねえ」

「宿帳にはなんて書いてあったんだい」

駒蔵が書きつけに見入り、

「いくら木賃宿といっても、在所の書き入れがねえと泊まれねえからな」

読み上げて、

「甲州都留郡犬目新田、小作儀助娘初。つまり犬目宿の百姓の娘ってこった。格別怪しいこたねえよな」

お鹿は佇立したままで、何やら思いを深くしている様子だ。きつく口を閉ざしている。

「どうしたい、お鹿」

「ううん、なんでもない」

「けどおめえ、顔が青いぜ」

「ここ出ようか、おまえさん。だんだん息苦しくなってきたよ。自身番へ行って、七人の詳しい素性を聞かしとくれな」

八

佐賀町の自身番の奥の板の間を借り、四人は車座になった。

駒蔵がさらに別の書きつけの束を手に、読んで行く。

「それじゃわかり易く、殺された順から行ってみるぜ」

多助が皆の茶を淹れていて、粗相をしてこぼし、秀次に「何やってんだ」と小声で叱られる。多助は慎重になる。兄貴は怕いのだ。

「まず勝手口で斬られた女中のお君だが、紅屋に奉公して一年とちょっとってとこだ。在所は内藤新宿で、ふた親と兄がいる。父親は桶職人、母親は髪結をやって宿場で働いてらあ。兄はお君とおなじ頃に江戸に出て来て、竪大工町の大工ン所で修業の身よ。お君は十七、兄は十九ってことンなっている。この家族が一番最初にお君の死げえを引取りに来てるんだ。悲嘆に暮れたな言うまでもねえ」

　三人は口を差し挟まずに聞いている。

「次は台所で殺された料理番の国助だが、年は四十五ンなる。紅屋に勤めるめえは築地の料理屋にいて、そこで仕事を覚えた。お君とおんなじで、紅屋にゃ住込みだ。国助は七年めえに女房に先立たれて、ひとり娘がいる」

「どんな娘なんだ、お父っつぁん」

　秀次が問うた。

「お松といって、海辺大工町の法華長屋って所に住んでるんだが、ずっとけえってなくてつなぎが取れなくて困っている。だからまだ父親の死んだことを知らねえでいるんだよ。お松は二十歳を出たとこで、生業は針妙をやっている」

　針妙というのは女の裁縫師のことで、女手の足りない所へ行って針仕事をするのだ。武家屋敷へ行く時は『お物師』と呼ばれ、町家では『針妙』となる。呼び名が違うだけだ。あるいは寺社や吉原の廓まで呼ばれて行くこともあった。仕事の範囲が広いのだ。

　駒蔵がつづける。

「紅屋の亭主福三は五十二、宿は親から引き継いだものらしい。女房のお久は五十で、二人が一緒ンなったな三十年めえってこった。夫婦の間に子はできなかったそうな。紅屋の評判はよくも悪くもねえということだから、夫婦は当たり障りのねえ世渡りをしてきたんだと思うぜ」

多助が茶を飲む音がずるずると聞こえ、秀次が「うるせえぞ」と注意をする。多助は慌てて茶を飲むのをやめ、不満そうに目を伏せた。兄貴を恨めしげにチラッと盗み見する。

「次に泊まり客だが、事件の日は三人いて、大道芸をやっている浪人者の堀田源三郎、猿廻しの団七、それに旅人のお初だ。三人とも五、六日ぐれえめえから相前後して泊まっていたらしい」

自身番に道を尋ねる人の声が聞こえ、店番が教えているやり取りが、四人の耳に入ってくる。

駒蔵はお構いなしに茶を啜り、

「堀田は陸奥国のさる大名家から、五、六年ぐれえめえに江戸に出て来たらしい。活計として堀田は最初っから浅草の奥山で居合抜きをやり始めた。居合の技を面白おかしい口上で見せながら、反魂丹や金創、腫れ物の膏薬なんぞを売りつけるのよ。

懐紙を束ねてパッパッと見事な技で斬るんだが、そんな腕前がありながらなんだって下手人にあっさり斬られちまったのか、解せねえよな」

「大道芸の居合抜きなんてまやかしなのさ。懐紙はあらかじめ切ってあるものだし、人の目を誤魔化してやってるんだよ。所詮は見せ物だからね。手妻のひとつと思やいいのさ」

お鹿が大道芸の裏を明かす。蕎麦屋時代に芸人の客が教えてくれたものだ。

「ふうん、なるほどなあ」

駒蔵はそう言って茶を飲み干し、

「堀田は四十過ぎで女房子がいたんだが、なんぞわけありらしく、家族は国に置いてきて、奴さんはずっと江戸で独り暮らしをしていた。長屋を定めねえで、木賃宿を転々としていたらしい。本人は至って気さくな人柄で、江戸に来てからのことは周りのもんに包み隠さず明かしている。それなのに肝心の女房子の話ンなると口を閉ざしちまうようだ。どんなわけがあるのか知らねえが、今となっちゃ誰にもわからねえやな」

紫煙がゆらゆらと流れてきた。

お鹿が煙草を吸っているのだ。

駒蔵はさらに書きつけの束をめくって、

「猿廻しの団七は、江戸と中仙道を行ったり来たりの暮らしだったみてえだ。芸人仲間の話だと、女房とはわけあって別れて、今は猿が女房代りだったというから、なんとも寂しい話だぜ」

「最後のお初って人だけ、はっきりしたことがわからないんだね」

お鹿が言うと、駒蔵はうなずき、

「妙と言えば妙なんだ。甲州から江戸見物に出て来たってんなら、あっちこっち遊山に行くはずなのによ、それがそうでもなくって、あんまりよそへ出掛けてねえみてえなんだ。何をしていたのかなあ」

「誰かを待っていたとか？」

「誰をよ」

「あたしにわかるわけないだろ」

「違えねえ」

そこで駒蔵はお鹿に顔を寄せ、

「おめえ、お初の死に場所で顔を青くして見ていたな。ありゃなんだったんだ。何か感じたのかい」

「うん、死にたくないって思いはお初が一番強かったような気がするねえ。やらなきゃいけないこと、まだ死ぬわけにゃいかないという無念だよ。それがあの場所に残っていたんだ。あたしゃ胸が苦しかった」

「おめえを連れて来るんじゃなかったな。つれえ思いをさせてすまねえ」

「いいんだよ、自分も承知して来たんだから。でもこれでのっぴきならない気がする。今は下手人が憎くてならないよ」

駒蔵は気を取り直し、倅たちを見廻して、

「七人全員の素性が本当かどうか、裏を取るぜ。やることたまずそっからだ。紅屋みてえな所にいた連中にゃ、とかく嘘や別の顔があったりするもんだ。うらぶれた宿屋に逗留(とうりゅう)してたってことは、どっかで世間をたばかっていたのかも知れねえ。調べてみて、化けの皮が剝(は)がれたらそこに何かが見えてくらあ。糸がほぐれてくるといいじゃねえか」

多助があくびを嚙(か)み殺すのを見た秀次が、拳骨(げんこつ)でゴンとその頭を叩いた。

九

葭町の本名は、堀江六軒町という。

ここは淫靡な歓楽街で、陰間茶屋がひしめいているのだ。陰間とは言わずと知れた男娼のことで、それがなぜ多いかというと、男娼の供給源である芝居小屋の市村座と中村座が近いからである。

陰間には役者修業中の者が多く、芝居に出ている少年を舞台子とか色子などと呼んでいる。男色家の相手をしていると、女形役者の形成に大いに役立つといわれている。

陰間としては十二、三歳から十七、八の美少年しか通用しないので、二十歳を越えた年増陰間は、武家や僧侶客から遠ざけられ、次に空閨を持て余す御殿女中や後家の相手を務めるようになる。陰間は両刀使いなのだ。

また年増女とは限らず、なかにはお嬢様や町娘もいて、色男の陰間に血道を上げる。とはいっても、金のない女は見向きもされず、女たちは競い合うようにして目当ての陰間に貢ぎつづける。

い。

浮舟屋の陰間雪太郎二十歳は、女客の大の人気者で、昼夜を分かたず引きも切らない。

雪太郎にはくずれたところがなく、どんな客に対しても誠実で、嘘のない男ということになっている。

「あっ、ご新造様、何をするんですか」

雪太郎と酒を飲んでいた商家のご新造が、席を移って来ていきなり抱きついてきた。

ご新造は厚化粧だから年がわからず、器量の方も伏魔殿のようだ。

「雪太郎、おまえはあたしのものだ。誰にも渡さないよ」

酒を口に含み、強引に口移しで飲ませた。

そこは浮舟屋の雪太郎の部屋で、次の間には真紅の行燈と艶かしい夜具が敷いてある。

若衆髷にきらびやかな衣装の雪太郎は、水もしたたる美男で、それが目を白黒させながら、

「ご新造様、どうしてこんなご無体を。嫌いになっちゃいますよ」

「それは本当かえ。あたしがしつこいから愛想が尽きるとでも言うの。そうなのかえ」

「それができりゃ苦労はしませんよ。憎たらしい。あたしの気持ちを何もかも知っていながら」

雪太郎が拗ねてみせる。

「ああっ、雪太郎、おまえが可愛い」

ご新造が被さってきた。

ひと仕事終えて雪太郎が部屋から出て来ると、それを見た手代の千代之介が廊下の向こうから駆け寄って来た。千代之介も元は陰間で、売れなくなったので手代として働いているのだ。見世では雪太郎のよき相棒だ。

「雪太郎さん、新規のお客さんが」

「名指しかえ」

「へえ、どうしても雪太郎さんでなくちゃ嫌だと」

「どんな女なんだい」

「十七、八のすこぶるつきの別嬪さんでさ。どっかの大店のお嬢様みたいな」

「あたしの噂を聞きつけたんだね」

「売れっ子ですからねえ、雪太郎さんは」

年は千代之介の方が三つ四つ上だが、雪太郎に対してはかなりおもねり、へつらっている。

「少し待たせときな。しつこいご新造が帰ったら呼ぶから。ああ、やれやれ、それにしてもこんな廻しばかり取っていると身が持たないよ」

嬉しい悲鳴なのだ。

廻しとは、引く手あまたの掛け持ちのことを言う。

四半刻（三十分）後、雪太郎は部屋で新規のお嬢様と相対していた。

お嬢様は振袖姿がよく似合い、お吉と名乗り、日本橋本石町の醤油酢問屋伊勢屋の次女だと告げた上で、

「あたくし、こんな派手やかな所へ来たことがないので、今でも胸のときめきが収まりません。でも親しい人からおまえ様のことを聞かされ、ひと目見たくなって参りましたの。ご迷惑でしたでしょうか」

「いいえ、迷惑だなんて滅相もない。あたしもお嬢様と知り合えて嬉しゅうございます。さあ、まずは一献傾けましょうか」

「はい」

お吉は雪太郎と目が合うと赤くなり、恥ずかしげに下を向き、おちょぼ口で酒を飲む。

「それで、どう思いました？」

「えっ、あのう、どうとは？」

「このあたしのことですよ」

「そ、そんな……聞かないで下さいましな」

「聞きたいんですよ、どうしても」

「それは、その……」

おぼこらしく、お吉は何も答えられない。

もじもじしているその姿に、雪太郎は生唾を呑む思いがして、

「今日はゆっくりなすってらしていいんですね」

「いいえ、そうもゆかないのです。帰りが遅いと父親に怪しまれます。とっても厳しいんです。今日だってやっと誤魔化して出て来たんですから」

「じゃ次はいつ会えますか」

「明日のお昼下りなら。お琴のお師匠さんに呼ばれたと嘘をついて参ります」

「困ったなあ。ここは日の暮れからなんですよ、お吉さん」

「雪太郎さんさえよろしければ、どこかほかでお会いしても。不忍池（しのばずのいけ）に結構な料理屋があるんです」

雪太郎は即決して、

「へえ、それじゃ善は急げですから、そこでお会いしましょうか」

「嬉しい、会って下さるんですね」

「お嬢様のためならどこへでも」

お吉が落ち合う場所と店名を告げて帰って行くと、間を置かず千代之介が入って来た。

「雪ちゃん、どうだったい」

雪太郎がにやっと笑い、お吉の身分を聞かせた上で、明日会うことになったと告げる。

「そりゃまた急な話じゃないか」

「おいらにひと目惚れしたみてえだ」

「本石町の伊勢屋って言ったら大店中の大店だよ。どれくらい巻き上げられるか、予想もつかないねえ」

「搾（しぼ）り取るだけ搾り取ってやるさ。金持ちから巻き上げるほど気分のいいものはねえぜ」

本性を露にして、雪太郎がほざいた。

お吉は町辻に立って浮舟屋をじっと見ていた。見世は隆盛を誇り、弦歌嬌声が絶え間ない。

そのお吉の背後に娘が二人、姿を現して立った。いずれも木綿の粗衣を着た貧乏人の娘のお北とお光で、お吉とおなじように見世へ怨みの目を据え、

「お吉ちゃん、首尾はどうだった」

お北の問いに、お吉は答える。

「上々よ。うまくいったわ。心の慄えが止まらなかったけどね。いよいよ明日が勝負よ」

三人には含むところがあり、ある尽きせぬ情念に突き動かされていた。

十

浅草寺奥山の盛り場の喧騒を抜け、駒蔵は十手を見せて身分を明かした上で、飯山

彦馬を境内の掛茶屋に誘った。多助がついて来ている。

　飯山彦馬は堀田源三郎の仲間で、居合抜きの大道芸を日替わり交互で務めていた。堀田とほぼ同年齢で、江戸に漂着した浪人のわりには、朴訥な田舎臭さが抜けきらない男だ。

　堀田の死を知らなかったので、それを駒蔵から聞かされるや、飯山は衝撃を受けて暫し黙り込んでいたが、やがて重い口を開いた。

「まさか、堀田が……深川の方で大きな事件があったことは聞いたが、皆殺しにされた者たちのなかに堀田がいたとは」

「寝耳に水だったんですね」

「変だとは思っていたのだ。奴が当番の日に来ないのでわしが代ったのだが、その後もなんの知らせもないから解せぬ思いでいた。今日にでも奴の宿を訪ねようかと思っていたところだった」

「堀田さんとは親しかったんでがすね」

　駒蔵の問いに、飯山が答える。

「五年前に奥山で知り合って意気投合し、二人で居合抜きの大道芸をすることになった。年も近いし、気も合っていた。言い合いになったこともない。よく酒を酌み交わしたものだよ」

「お国許はおなじじゃねえんですかい」

「違う違う」

　と言って、飯山は手を横に振り、

「奴は陸奥だが、わしは北国なのだ。どちらも小藩に仕えていたが、奴もわけありのようで、わしもちと不始末を仕出かして出奔した」

「まずは、飯山さんの不始末のわけっての、お聞きしてもようござんすかい」

　飯山は苦々しい笑みになり、

「同役の妻を寝取った。それが発覚して騒ぎになり、一人で逃げ出して来た。不義の相手は主に手討にされたと後日に聞かされた。それを思うと不憫でならぬ。罪深いんじゃよ、わしは」

　若き日の蹉跌に飯山は悄然とうなだれる。

　駒蔵はこの人は悪党ではないと思いつつ、

「堀田さんの方のわけってのは？」

「奴は妻も子も国許に残して来たと聞いている。実は最近になって、堀田から打ち明けられたことがあるのだ」

「よろしかったら聞かせて下せえやし」

「堀田は六年前に妻の方の身内と諍いを起こし、これを斬って国許にいられなくなったらしい」

「どんなお身内なんで？」

「妻の兄だとか聞いたが、詳しいことまでは知らん。ところが……」

「へえ」

「半月ほど前だが、ほかのお身内衆を居合抜きの見物人のなかに見かけたと言うのだよ」

駒蔵は俄に緊張してきて、

「てえことは、堀田さんは仇と狙われているんじゃねえかと？」

「それは充分にあるな。身内衆は三人いて、そ奴らの顔は忘れもしないと堀田は申しておった」

「ちょいと待って下せえよ」

駒蔵は手で飯山を制するようにして、

「仮に仇持ちの身だとしたら、堀田さんはなんだって人前に顔を晒すような生業をやってたんでしょう。況してや大勢の人の目があるこんな奥山で、いずれは見つかっちめえやすよね」

「そこだな、親分。堀田は居合抜きの仕事が好きだったのだよ。弁舌巧みで人気も博しておった。薬の売れ行きもわしより多かったほどだ。奴はこの仕事に喜びを見出していたのに違いない」

飯山に礼を言って別れ、駒蔵は多助をしたがえて人混みを行く。

「お父っつぁん、これで決まりだね」

「何がよ」

「紅屋を襲ったのは堀田のかみさんの身内たちだよ。後をつけて紅屋を突き止め、それで仇討(あだうち)をしたんだ」

「仇は堀田一人だけなのに、なんで関わりのねえ六人を巻き添えにしなくちゃならねえんだ。そんな非道な人間がいるものかよ」

「血走って、血迷っちまったんだね。これからその三人の人でなしを探せばいいんだよ」

「どうやって探す？　手掛かりは何もねえんだぞ。それに三人の面だってわからねえじゃねえか」

「そ、そう言われちまうと一言もねえよ」

「おめえにゃ当分十手は持たせらんねえな」

「どうしてさ、持たしてくれよ」

「おめえのあさはかな推量じゃ、次々に無実の罪人をこさえるだろうぜ。おっ母さんの爪の垢でも煎じて呑みやがれってんだ」

「いいや、きっとおっ母さんだって――」

言い募ろうとする多助の耳たぶを、駒蔵はぐいっと引っ張って、

「ほざくんじゃねえ。お鹿はそんな与太な推量は立てねえよ」

（畜生、お父っつぁんの野郎。おいらが三人の人でなしを、見つけ出してみせてやるぜ）

多助は胸のなかで誓いを立てた。

駒蔵と多助のすぐ後ろを歩いている深編笠の浪人者がいた。それは黒羽二重を着た室賀左膳で、二人のやりとりを聞いていながら、室賀は一顧だもせずに追い抜いて行った。

駒蔵たちは露知らずである。

十一

深川佐賀町の裏通りへ来ると、紅屋の近くに『鰯屋』なる居酒屋があった。まだ日があるも、夕暮れが迫っていた。

通りに立って辺りを睥睨していたが、お鹿は見当をつけて店へ近づいて行った。ほかに居酒屋はなく、もしやそこにお初が来ていたのではないかと狙いをつけたのだ。

縄暖簾を潜って店へ入ると、二、三人の職人風が早くも床几で酒を飲んでいた。五、六坪の小さな店だ。

店の主は、お鹿と大して年の違わない婆さんである。

お鹿が空いている床几に掛けると、婆さんが露骨に品定めをするような目をくれながら近づいて来た。古びた木綿の着物に、垢染みた前垂れを掛けている。

「酒かい」

「ああ、飯の前だから一本だけつけとくれ。連れがいないから話し相手になってくれないかえ」

「いいよ」

婆さんは一旦料理場へ引っ込み、田螺(たにし)の佃煮(つくだに)と酒二本を盆に載せて来て、お鹿の隣りに掛けた。余分の一本は話し相手賃として、抜け目なく自分が飲むつもりらしい。

「ここは長いのかえ」

お鹿が問うと、婆さんは答える。

「十年ほどになるね」

「そりゃ立派なもんだ。よくつづいたじゃないか」

「腕がいいもの」

「亭主や子供はどうしたい」

「亭主は持ったことがないね」

「男嫌いなのかえ」

「引く手あまたで嫌気がさしたんだよ」

厚塗りで不細工な顔をにんまり綻(ほころ)ばせた。

「強気で生きてきたんだ」

「亭主はいなくとも子供は沢山(たくさん)いるんだ。それも五人だ。みんな父親が違うんだけどね」

お鹿は思わず失笑して、

「そりゃ天晴（あっぱ）れなこった」

「おまえさんは？　どこの何者なんだい」

「あたしは入船町から来たのさ。亭主は御用聞きをやっている」

とたんに婆さんは慌てたようになり、立ったり座ったりして、

「ちょっ、ちょっと待っとくれ。入船町の親分ていったら、駒蔵旦那のことかい」

「うん、そう。あたしはその女房で鹿ってんだ。山奥にいるあの鹿だよ」

「うへえ、恐れ入ったね。どうも失礼をしちまって。あたしは丁（ちょう）って言います」

恐縮するお丁に、お鹿は顔を近づけ、

「お丁さん、折入って聞きたいことが」

「わかってるよ。あそこの紅屋のことだね」

お鹿がうなずき、

「泊まり客でお初って人のことを調べてるんだよ」

「な、なんだって女房のおまえさんがそんなことを」

「当ったり前だろ、岡っ引きの女房なんだから」

「へえ、そりゃまあ」

「お初さん、ここへ来なかったかい」

「ううん、毎晩のように来ていたよ」

お鹿がキラッとなった。

「あの人が紅屋に来たのが六、七日ばかり前で、その日から夕暮れになるとここへ」

「酒好きな人だったんだ」

「どうかしら、無理して飲んでるみたいな」

「だったらなんか事情があるんだね。詳しいわけは聞いたのかい」

「詳しいことは知らないねえ。でもあの人が言うには、江戸には人を探しに来たんだと」

「どんな人を探していたんだろ。たとえばどっかではぐれちまった腹を痛めたわが子か、または亭主かも知れない」

「どっちも外れだよ。子供かい、亭主かいとあたしが真っ先に聞いたら、違うって。なんでも田舎で恩を受けた人がいて、その人にどうしても会いたいんだと。だから昼のうちは紅屋を出て、あっちこっちほっつき歩いていたよ」

「そいつぁまた雲をつかむような話だねえ」

お丁がコクッとうなずき、

「それで日の暮れンなるとここへ来て、今日も会えなかったって。やるせない顔をして酒を飲むんだよ。聞いてるあたしもなんだかつらい気持ちになったもんさ」

「その恩を受けた人の話、どっかに手掛かりはないかえ。お初さんが果たせなかったことを、あたしが代ってやってもいいんだ」

「そう言われてもねえ……」

言い渋りながら、さり気なく空の徳利を振ってみせた。お鹿が承諾すると、お丁は料理場へ行き、すぐに新しいのを持って来ると、

「ああっ、そういえば、思い出したことが」

「うん、うん」

お鹿が思わず身を乗り出した。

十二

駒蔵の家の奥の間に、駒蔵、お鹿、秀次、多助の十手家族が集まった。おぶんは台所で晩飯のちらし鮨（ずし）の後片付けをしている。

「お初の手掛かりがつかめたってのかい、お鹿」

駒蔵の問いに、お鹿は答える。

「お初は紅屋近くの居酒屋によく顔を出していたんだけど、それとは別にもう一軒、近くに寄る所があったのさ」

　鰯屋のお丁が教えてくれたことだ。

「そりゃどんな相手なんだ」

「羽衣長屋って所に住む天命堂という易者なんだけどね、行ってみたら留守だった。客を持っている易者らしく、板橋の方へ呼ばれて行ったと長屋の人が言って、そうなると泊まりだろうから、明日出直そうかと」

「お初はその易者に何か占って貰っていたのかな。人探しをしてたってんなら、相手の居場所とかをよ」

「うん、そうだね。知り合いならともかく、易者に用ったらそれしかないさね」

「よしよし、そいつぁおめえに頼むとして」

　駒蔵は秀次に顔を向け、

「よっ、おめえの方にもなんぞ実りがあったみてえだな」

「大有りだぜ、お父っつぁん」

　秀次が張り詰めた顔で膝を進め、

「海辺大工町の法華長屋で聞き廻るうち、料理人の国助の娘お松が姿を見せなくなったのは、十日ぐれえ前だってことがわかった。つまり父親が殺される前から、お松はなんらかのわけがあっていなくなっていたんだよ」

「行く先についちゃどうなんでえ、長屋の連中は聞かされてねえのか」

駒蔵の問いに、秀次は首を横に振り、

「ああ、誰も聞かされてなかった」

「それで、おまえはどうしたんだい」

お鹿の質問に、秀次は得意な笑みになり、

「それで針妙の仲間に目を付けたのさ。探したらお松と仲の良い三人の娘が見つかった」

「そうしたら？」

お鹿が話の先を急かせる。

「ところがよ、三人とも隠し事があるみてえな様子で、お松の行方についちゃ何も知らねえ、聞いてねえと言う。その一点張りなんだよ。妙じゃねえか、いつも仲良くしている仕事仲間がどうして何も知らねえんだ。それに案じているようにゃ見えなかったし、本当に知らねえんなら、お松の身に何かあったのかと逆においらに聞いてくるはずだろう」

「兄貴、ちょっといいかな」

　多助がおずおずと口を切り、

「その三人娘にゃ、お松の父親が殺された件は話したのかい」

「いいや、言ってねえ。その件に関しちゃ三人は本当に何も知らねえみてえだった。こちとらも余計なことは言わねえことにした。それにしても合点がゆかねえから、明日から娘たちに張りついてやろうと思ってるんだ」

「どの辺に住んでるんだい、娘たちは」

　さらに多助が聞く。

「深川や本所に散らばってるけど、お松の所からそんなに遠くねえ。暇ならつき合えよ」

「おれぁほかにやらなくちゃいけねえことがあるからつき合えねえ。暇じゃねえんだぞ」

「ほかに何がある。おい、ここで言えよ」

「今は何も言えねえのさ」

「てめえ、兄貴のおれに言えねえとはどんな料簡（りょうけん）をしていやがる。張り倒されてえのか」

秀次が拳を振り上げ、多助は腰で逃げて、

「いいじゃねえか、先の話なんだ。まだなんとも言えねえんだよ」

「野郎、このうらなりが」

「ひでえ、うらなりとはなんでえ」

二人が揉み合い、駒蔵が止めに入って、

「よさねえか、ここで争ってる時じゃねえ」

ギロリと多助を見て、

「おめえ、あの件を追うつもりだな。堀田の女房の身内衆が、居合抜きを見物してたってやつだ」

「そりゃどういう件なんだい」

お鹿の問いに、駒蔵は堀田の妻の身内三人が奥山にいた件を明かす。

「その三人のことが、どうしても捨てきれねえんだよ」

多助が頑固に言うと、駒蔵が追及する。

「どうやって探すつもりだ」

「それはまだ明かせねえ。けど明日はおれだけで動くつもりだ。いいな、お父っつぁん」

「ああ、そうかい、やれるもんならやってみるがいい。お鹿、面白くなってきたな。多助もだんだん一人歩きを始めたようだぜ」

「結構だね、おまえさん、好きにやらせておやりな」

「おうともよ」

目を細め、夫婦は見交わし合った。

するとも秀次が多助の肩を叩いて、

「そういうことならおれも賛成するぜ、多助よ。やってみな。無駄骨だったとしてもいいじゃねえか。物事はっきりさせねえと先へ進めねえもんな」

「わかってくれたかい、兄貴。たまにはいいこと言うんだな」

「たまだけ余分だっちゅうの」

秀次が多助の頭を小突いた。

そこへおぶんが柿の実の剝いたのを皿に山盛りにし、台所から持って来た。皆が一斉に柿に手を出して口に運ぶ。

「おっ母さん、近所の人に聞かれて困ってるんですよ、紅屋の一軒。まだ下手人は捕まらないのかってみんなでせっつくんです」

おぶんの言葉に、お鹿は不敵な笑みで、

「こつこつと地道にやってるから、心配ご無用だって言っといとくれ。こいつぁどんなことがあっても、駒蔵一家がお縄にするんだ」

執念を燃やすように、お鹿が言い放った。

第二章　鉄火女

一

不忍池の畔にある料理屋は『萬月』といって、雪太郎のように贅に馴れ、目の肥えた男に言わせれば、「二流どこ」ということになる。

お吉とここで待ち合わせとなり、雪太郎は千代之介を伴ってやって来た。お吉はまだ現れない。

「雪ちゃん、なんだか落ち着かない料理屋だねえ」

胡乱げに座敷を見廻しながら、千代之介が言った。

「まっ、一流とは言えねえな。お嬢様といっても自由になる金は持たされてねえんだろ。これが精一杯だとしたら、泪ぐましいじゃねえか。おいら不満を言うつもりはねえよ」

「お嬢様のことはともかく、この店が気に入らないよ。だってまず愛想が悪いもの。ここへ通されるまでに板前や仲居と顔を合わせたろ。あれも変だよ。仲居はともかく、板前なんぞが客に顔を見せるものか。それに顔の怖い板前だった。仲居なんかにこりともしなかったじゃないか。お座敷へ通されたってお茶ひとつ持って来ないし、居心地が悪いって言うかなんて言うか、ここの連中は出入りの誰にもこうなのかと思っていたら、さっき厠へ行ったろ、そうしたら酒屋が酒樽を運んで来て、板前も仲居もそいつらには満面の笑みなんだよ。なんだかおれたち、招かれざる客なんじゃないかえ」

怯えさえ見せて言う千代之介に、雪太郎は冷笑を浴びせ、

「そんなことあるわきゃねえだろ。お吉がおれたちをもてなそうと、折角この店を選んだんだ。おまえの考え過ぎだよ」

「そうかなあ」

「それより千代ちゃん、お吉が来て三人で飯となったら、いいね、手筈通りに。おまえはさり気なく姿を消すんだよ。おまえを連れて来たのはお吉を安心させるためで、あたしとお吉がうまくいくようになったら、おまえはいらないんだからね」

「わかってるって、そんなこた。これまで何遍もやってきてることじゃないか。料理を食って、守り立てが済んだらとっとといなくなるさ」

足音が聞こえ、お吉が入って来た。

その姿を見て、雪太郎と千代之介は唖然となり、とっさに違和感を持った。お吉は振袖姿ではなく、そこいらの町娘が着る木綿の粗衣になっている。化粧もなく、素のままで、お嬢様の匂いはかき消されていた。

お吉は二人の前に座ると、すぐには口を開かずに、睨むような目をくれた。

「お吉さん、今日はお招きに与って有難うございます」

「あたくしは手代の千代之介と申します」

二人が手を突いて型通りに挨拶をしても、お吉は木で鼻を括った態度で、無言のまま目礼した。

ちょっと取りつく島がないので、

「お吉さん、ここは何がうまいんですか」

雪太郎が聞くと、お吉は面を伏せて、

「お松ちゃんはどうしました」

暗い声で言った。

雪太郎と千代之介の顔からさっと血の気が引いた。見交わしておぞましい表情になる。

「お、お松さんとは誰のことですね」

雪太郎がお吉を探るように見ながら言う。

「知らないとは言わせませんよ」

お吉が目を上げ、雪太郎を直視した。

「えっ……」

「お松さんがいなくなってもう半月近くになります。あたしたち、懸命になって探したんです」

雪太郎と千代之介は何も言わなくなった。

「そうしてお松さんの足取りを辿って行くうちに、陰間茶屋の浮舟屋が浮かび上がってきました。お松さんはなんとかお金の工面をして足繁く通っていたんですね。ふだんそんな所へ行くはずもないお松さんが、どうしてかと思って聞いて廻りました。そうしたらある大店のお内儀様に連れて行かれたことがわかったんです。お内儀様は針妙のお得意さんでした。お松さんは浮舟屋で雪太郎さんに出会って、ひと目惚れをしてしまったんですね。恋焦がれる身になったんですね」

雪太郎は手拭いで脂汗を拭うようにして、

「憶えていませんねえ、そんな人。あたしは日に何人ものご婦人方のお相手をしていますんで、そんなお付きで来た人のことなんて」

雪太郎の言葉を、お吉は遮って、

「知らないとは言わせませんよ。おまえさんはお松さんを誘って上野山下の出合茶屋へ何度も行っています。茶屋の人の証言もあるんです」

雪太郎は居丈高になって、

「だからなんだと言うんだ。あたしは売り物買い物の女郎とおなじ身分なんですよ。お松さんに買われたんですから、そのお相手をしただけなんだ」

開き直った。

「よくもそんな……茶屋の女中さんの証言だと、おまえさんはお松さんと末を誓い合っていたとか。騙していたんですね。そう思ったから、あたしは貸衣装屋で振袖を借りて、お嬢様のふりをしておまえさんに会いに行きました」

「ふン、そうだったのかい。そうとは知らずにあたしはコロッと騙されましたよ。おい、千代や、気分が悪いから帰ろうや」

「そ、そうだね、お邪魔しました」

雪太郎と千代之介が出口へ急ぐと、唐紙が向こうから開き、お北、お光、それに板前や仲居数人がズラッと立ち並び、彼らの行く手を塞いだ。

そのものものしさに、雪太郎と千代之介は顔を強張らせて立ち尽くした。

板前は太い腕をまくり上げ、

「おい、若えの、お松ちゃんをどこへやったんでえ。お松ちゃんはここじゃ人気者でな、みんなの裁縫をやって貰ってたんだ」

次いで仲居の一人が怒りを露にして、

「陰間上がりのこの女ったらし。お松ちゃんをどうしたのさ。事と次第によっちゃ勘弁しないよ」

旗色悪く、雪太郎たちはたじたじだ。

さらにお北とお光が進み出て、

「あたしたち三人は針妙の仲間なの。さあ、洗い浚い言って。お松ちゃんはどこですか」

お北が言えば、お光も強い口調になり、

「岡場所に売り飛ばしたなんて言わないでしょうね。そんなことになっていたら許さないわよ」

「くそっ、千代、行くぜ」

「ほいきた」

雪太郎がうながし、千代之介と共に障子をぶち破って縁側から庭へ逃げた。

ところが庭先に秀次が十手を構えて立っていて、二人は愕然となる。

秀次に知らせたわけではないから、お吉たちは面食らった。板前や仲居らも戸惑っている。

「お松さんの行方はおいらも追っていた。仲間のおめえさん方をつけ廻していたら、うめえことここへ辿り着いたってわけよ。おう、陰間上がりの二人、お松はどこにいるんだ」

秀次が気魄をみなぎらせて言った。

すると千代之介が匕首を抜き放ち、奇声を発して振り廻し、

「ゆ、雪ちゃん、逃げろ。こんなへボ十手はあたい一人で充分だ」

「すまねえ、千代ちゃん」

雪太郎が逃げ出し、それを追いかかる秀次に、千代之介が白刃を立てて突進して来た。

秀次は十手術も棒術も会得しているから、果敢に応戦する。板前や仲居らが遠巻き

にして闘いを見守っている。匕首と十手がぶつかり合い、耳障りな金属音を響かせた。やがて匕首が吹っ飛ぶや、その機に乗じたお北、お光、板前、仲居らが怒りを爆発させて千代之介に駆け寄った。皆で取り囲み、千代之介を打擲（ちょうちゃく）する。その間に雪太郎はこけつまろびつ逃げ去った。

「あっ、逃げやがったな。おう、皆の衆、すまねえがこの野郎をふん縛っといてくれねえか」

「任せてくれ、逃がしゃしねえぜ」

請負う板前に秀次が捕縄（とりなわ）を投げた。板前はそれを受取り、皆で千代之介に群がって縄を打った。

秀次は一目散に雪太郎を追って行く。

雪太郎は萬月を出て不忍池まで逃げて来たところで、たたらを踏んだ。

十手を握りしめた駒蔵が立っていたのだ。

「往生際（おうじょうぎわ）が悪いぞ、この野郎」

「畜生、捕まってたまるかよ」

雪太郎も匕首を抜き放ち、躍りかかった。決死の勢い凄まじく、駒蔵は圧倒されて後ずさった。ここを先途と雪太郎は攻めまくる。白刃が駒蔵の片腕をかすって血が飛び散る。さらに雪太郎は抵抗をやめず、暴れまくった。

躱し損なった駒蔵がドンと尻餅を突いた。

そこへ秀次が駆けつけて来た。

「お父っつぁん、何やってるんだ」

「危なっかしくて見ちゃいらんなかった。おめえがしんぺえで後をつけて来たんだよ」

秀次は舌打ちし、油断なく雪太郎に近づきながら、

「まったく、余計なことしやがって。お父っつぁん、老婆心が過ぎるぜ。このおいらに助太刀なんていらねえんだ」

雪太郎が猛然と秀次に飛び掛かった。それを秀次は迎え撃ち、十手で顔や躰を殴打して匕首を叩き落とし、よろめくのを引き据えて駒蔵に言って捕縄を投げて貰い、雪太郎を縛り上げた。

駒蔵はその一部始終を尻餅で座り込んだまま惚れぼれと眺めていたが、立ち上がって尻の汚れを叩きながら、

「秀次、おめえ、いつの間にか腕を上げたじゃねえか。てえしたもんだ。褒めてやる

ぜ」

「よせやい。こんな小悪党どもなんざどうってことねえや。物足りねえくらいだぜ、お父っつぁん」

得意の顔になってにやっと笑った。

二

「金談、縁談、失せ物判断、黙って座ればぴたりと当たる、有難くも天命堂の占いだよ」

佐賀町の一角に易台を置いて、明樽に掛けた易者の天命堂が、道行く人に向かって口上を述べていた。

初老の天命堂は羽織姿で御幣を背に括り、帽子を被って、筮竹をこすり合わせている。

易者は売卜者、八卦見とも呼ばれ、算木、卜筮などの占い道具を使い、様々な事象や人事などを占う。それは今も変わらない。

易は古代中国の周王朝時代に成立した『周易』の考え方に端を発している。八卦は易の基本的な八つの事象で、これをおのおの組み合わせた数を使って占うので、八卦見と呼んだ。

江戸時代の儒学者が周易の研究をうながして易占いが盛んとなり、神官、僧侶、山伏、浪人などがもっともらしく易者となった。江戸では家を構えて占う者や、大道でこれを行う辻八卦などがいた。

天命堂は辻八卦である。

その天命堂の前にお鹿が立った。

天命堂は大きな口でにっこり笑い、

「これはこれはようこそお出でなされた。何を占って進ぜようかな。金談、縁談、失せ物判断、黙って座れば――」

立て板に水をお鹿は遮って、

「お初って人を知ってるね、おまえさん」

天命堂は真剣な目になって、

「なに、お初とな。知ってるも何も、紅屋の事件でわしは心を傷め、寝込んでしまったほどじゃ。おまえ様はお初の縁者か何かかね」

「そうじゃないんだけど、お初さんのことをいろいろ調べてるんだよ。あんた、親しかったんなら身の上は聞いているのかえ」

「うむ……」

「何唸ってるんだい。どんなことでもいいから、お初さんに関することならなんでも聞かせとくれな」

天命堂は答えをはぐらかし、

「あれはよきおなごであった。生まれながらの善人とはあの人のことを言う。悪心などみじんもなく、人を信じて疑わず、わしから言わせればありゃ天女様じゃよ」

「そんな人がなんだって殺されなくちゃならないんだい。理不尽もいいとこじゃないか」

「その通り。鬼畜が如き下手人にわしは限りなき怒りを覚えておるぞ。もしとばっちりだとしたらこんなひどい話はない」

「おまえさん、相談事に乗ってやっていたのかい。どんな素性なのさ」

「その前にだ、お内儀はなぜお初さんのことを調べている」

「お初さんだけじゃなくて、あそこで斬り殺された人全員のことを調べてるんだよ。あたしゃ入船町の駒蔵ってえ御用聞きの女房なんだ」

「おおっ、そうか。それならわかるぞ。わしの知っていることはすべて語って聞かせようではないか」

「ここじゃなんだ、店仕舞いして近くの蕎麦屋へでも行こうかね。天ぷら蕎麦に酒一本でどうだい」

「話せるな、お内儀。腹ぺこだったのだ。お代はそっち持ちであろうな」

「野暮は言いなさんな」


蕎麦屋の二階、衝立で囲ったなかでお鹿と天命堂は向き合った。

「さあ、早いとこ聞かせとくれな。お初さんはおまえさんにどんな事情を打ち明けたんだい」

天命堂は天ぷら蕎麦を食べ、酒を飲みながら、

「お初さんは甲州の人で、江戸には人探しに出て来たと言っておった」

「そんなこた知ってるよ。甲州都留郡犬目新田の出で、百姓のお父っつぁんの名は儀助ってんだ」

「あ、いやあ、そこまでは知らなかったが、出自はともかくとして、お初さんは在所を出てその後大月宿に移ったらしいのじゃよ」

「大月は犬目より四つ先の宿場だよね」

「左様、本陣、脇本陣なんぞも整っているようだ」

「そこで何をしていたんだろ。亭主はいたのかえ」

「いいや、そんな話は聞いておらん。二年ほどの間、ある旅籠(はたご)で女中をやっていたと言っておった」

「旅籠で女中だって?」

お鹿は眉を曇らせ、

「それって、もしかして……」

「そうなんじゃよ、そのもしかしてではないかとわしも思った。本人は遂に明かさなかったものの、お初さんは飯盛(めしもり)だったのではあるまいかのう」

旅籠の飯盛といえば、女中働きをしながら春も売る女のことだ。

「じゃそこで誰かに恩を受けて、その義理を果たすために恩人を探していたと。そういうことなのかえ」

「恐らくな」

「どんな恩なんだろう」

「幾度聞いてもそれは言わなかった。しかしお初さんは心根のやさしい人だから、よほどのことであろうぞ」

お鹿は考え込みながら、

「恩人が江戸にいるってことは確かなんだろうか」

「うむ、確証のある様子じゃったぞ。その人を探すうち、耳寄りな知らせを聞いたのではないかな」

「…………」

お初に関してはまだ五里霧中で、話は茫漠として雲をつかむようであった。

三

晩飯を済ませ、十手家族が勢揃いした。駒蔵、お鹿、秀次、おぶんだが、多助の姿はない。

火灯す頃となり、冷たい風が吹いてきた。

「おっ母さん、嫌な話を聞かせてすまねえんだが、聞いてくれねえか」

秀次が沈痛な面持ちで駒蔵と見交わし、切り出した。

お鹿は悪い予感がしながら、

「ああ、いいよ。腹括って聞くよ」

「料理番の国助の娘お松は殺されていたぜ。下手人は陰間の雪太郎と千代之介の二人だった」

「どうして殺されたのさ」

「お松は針妙のお得意さんに陰間茶屋へ連れてかれて、そこで雪太郎にひと目惚れしちまった。悪い連中だからお松みてえな世間知らずは赤子の手を捻るようなものよ。お松は騙され、貢がされて、男の不実を知って烈しくなじったらしい。面倒になった雪太郎は千代之介と組んで、お松の首を絞めて眠らせちまった。死げえは下谷車坂の林ンなかに埋めてあったよ。さっき二人の白状を聞いて、町役の衆や鳶の連中と一緒に行って掘り返してきたぜ」

「近頃の若えもんのやるこた血も泪もねえから、呆れてものが言えねえぜ。うちの伜どもは別だがよ」

駒蔵が慨嘆する。雪太郎に斬られた片腕は晒し木綿を巻き、手当てがなされている。

「なんの因果なのか、親子揃ってそんな忌まわしい死に方をするなんて、気の毒だねえ。あの世で一緒になってるといいんだけど」

お鹿は仏心で言い、手を合わせておき、

「お初はね、どうやら大月宿の旅籠で働いていたらしいよ。そこで誰かに助けられたかなんかして、恩返しに江戸へ出て来たようだ。恩人がこっちにいるって確かな知らせをつかんだんだね。歩き廻って探していたみたいだけど、恩人に会えずに紅屋であんなことに。悔しかったと思うよ。気立てのいい人のようだったから、下手人の狙いはお初じゃないだろう」

「殺されたほかの連中も、怨みを買うような人はいなかったみてえだ。そうなるってえとお手上げだな。畜生、早くも袋小路かよ」

切歯するように、駒蔵が言う。

お鹿はおぶんに向かい、

「おぶんや、多助はどうしたい。一度は帰って来たんだね」

晩飯にいなかったから、お鹿が案じて言った。

「そうなんです。あたしが一人で台所で支度をしてますと、多助さんがふらっと帰って来て、腹拵えしたいって。丁度炊き上がったばかりのご飯で握り飯こさえたら、うまいうまいって食べてくれて、その後今日は遅くなるからと言い残して出てったんです」

「どこへ行くのか聞かなかったのかえ」

「聞きましたよ、もちろん。そうしたら奥山の近くの賭場だって。そんな所へどうして行くのって聞いたら、捕物だから仕方がないと言って」

駒蔵が顔を曇らせ、

「奥山の賭場だったら明神一家だな。そこに三人組の手掛かりがあったんだろう。けどあいつ一人でどこまでやれるものか……」

秀次も心配になってきて、

「お父っつぁん、今からおいらが行ってみようか。明神一家なら知らねえこともねえぜ」

「お待ち」

お鹿の言葉に、三人が目を向けた。

「みんなで助け合うのもいいけど、ここは多助が一人で踏ん張るところさ。あの子だって男を上げたいんだから、余計な手助けは無用だって言うだろうよ。首尾を祈ってやろうじゃないか」

そうは言ったものの、一番案じているのはお鹿なのだ。

四

奥山の毘沙門天の近くに『明神屋』なる料理茶屋があり、営んでいるのは博徒の親分である。

博奕は御法度だから、親分は表に顔を出さず、女房を女将にして店を仕切らせ、自分はもっぱら離れに居住している。離れの家屋は大きく、奥の十帖間ではいつも賭場が立っている。役人が知らぬはずはないが、袖の下をつかませてあるから手入れを食らったことは一度もない。

その夜は月の出のきれいな晩であった。

賭場は今宵もまた盛況で、浅草界隈の旦那衆が大金を費消し、親分はがっぽり寺銭を儲けた。

折しも明神屋の裏手から三人の若い武士が出て来た。そこが博奕客の出入口なのだ。

武士たちは幕臣でも浪人でもなく、道中荷はないものの、旅人と思われた。博奕の目が出なかったらしく、その顔色は冴えないが、ほかにも気掛かりなことがあるようで、歩きだした三人がヒタッと歩を止めた。

ひそかに彼らを追って来る足音がし、三人はすばやく闇に身を引いて息をひそめた。

そこへ現れたのは多助で、三人を見失ったと思い込んで焦り、立ち止まってキョロキョロと見廻している。多助は三人が狙いで、賭場にも客のふりをして入り込み、様子を探っていたのだ。

多助の前にいきなり三人が姿を現した。

「ああっ」

泡を食った多助がおたついた。

三人は中西和三郎、雨宮又市、田中七九郎といい、多助を威圧し、殺気立って取り囲んだ。多助は真っ青になる。

「貴様、何ゆえわれらをつけ狙うか」

中西が押し殺した声で言えば、雨宮は多助の胸ぐらを取って、

「賭場へ入る以前の飯屋から見張っておったな。事と次第によっては只ではすまぬぞ」

「く、苦しい、お武家様方、思い違いをなすっちゃ困りますよ。たまたま行く先がおなじだっただけでして。今日はツキがなくて残念でござんした」

「賭場まで一緒とはあり得まい。痛くもない腹を探られるは不快である」

田中が言って多助のふところに強引に手を突っ込み、薄い財布や手拭いを見て放り、奥底にある手札を見つけた。『南町奉行所定町廻り同心江守忠左衛門』の名が刻まれ、田中はギョッとなってそれを二人に廻して読ませた。

三人が尋常ならざる形相(ぎょうそう)になった。

「お上(かみ)の手先か、貴様」

田中が言うと、多助は「さいで」と答え、

「このあっしにもしものことがあれば大変なことになりますよ。お武家様方は徳川(とくがわ)様を敵に廻す羽目(はめ)になります」

大袈裟(おおげさ)なはったりだったが、田舎侍には効果てきめんであった。

雨宮は多助を解放して、

「いや、そうとは知らずすまんことをした。事を荒立てるつもりはないのだ」

「いえ、わかってくれりゃいいんでがすよ。あっしだって騒ぎ立てはしたくねえんです」

多助は乱れた襟元(えりもと)をピッと直し、精一杯の虚勢を張って、

「確かにあっしはお武家様方をつけ廻しておりやした。それにはわけがございやして、実は堀田源三郎様の一件なんでござんす」

堀田の名が出て、三人は穏やかではいられなくなり、

「そうか、そうであったか」

中西が得心し、忸怩たる思いで、

「堀田源三郎はわしの姉の夫、つまり義兄であった。その堀田がわしの兄仙之助とつまらぬことで諍いを起こした」

仙之助は源三郎と斬り合いとなって敗れた。深傷を負ったがその場では一命を取りとめた。すぐに堀田は姉と娘を残し、国許を出奔した。仙之助は当座は疵の養生をしていたものの、三月ほどして急に躰の具合が悪くなり、落命してしまった。それで和三郎は兄の仇として、友のこの二人につき合わせ、堀田を追う旅に出たのだと言う。

多助は腕組みをして聞いている。

「江戸に来て三月目で、奥山での堀田の居合抜きの噂を聞きつけ、見物人のなかから堀田を見て確認した。国許にいる時よりも堀田は活き活きとし、弁舌爽やかであり、元よりそういう男であった。わしともかつては親しかったのだ。しかし仇討本懐を遂げずば国許へ帰参が叶わず、こ奴らと仇討の支度をしていた。ところが――」

次いで雨宮が苦々しい顔で言う。

「ところがその矢先、佐賀町の木賃宿で堀田は何者かの手に掛かり、横死を遂げてし

まった。もはやわれらの行く手は塞がれたも同然となり、悶々として酒や博奕にうつつを抜かしておったところなのだ」

「へえ、へえ、どうもそのようでがすね」

相槌を打つ多助の顔に落胆が見られる。

「それじゃ紅屋の皆殺しは、皆さん方の仕業じゃねえんですね」

中西がカッと多助を睨み、

「堀田一人が狙いなのに、なぜ縁もゆかりもない連中を斬る必要がある。道理に適わぬではないか」

「へっ、そうなんですよ。そこがわからねえとこなんで」

「どうだ、得心がいったか」

中西の言葉に、多助はぺこりと頭を下げ、

「わかりやした、納得しました」

「ではもうつけ廻すでないぞ」

雨宮が言って三人は行きかけ、中西がふり向いて、

「貴様、どうしてわれらのことがわかった」

「あ、それはですね、奥山の小商人たちには顔が広いもんですから、お武家様方のこ

とを丹念に聞いて廻ったんでさ。そうしたら、へへへ、蛇の道は蛇と申しますか、お宿がわかって張込んでおりやした」

「何者が堀田氏を手に掛けたと思うか」

田中の問いに、多助は答える。

「その下手人を追うのが本筋なんですが、なかなか尻尾をつかませません。難儀をしている最中でござんす」

三人は無言で立ち去り、多助は太い息を吐いて安堵し、

「畜生、寿命が縮んだぜ」

つぶやいて行きかけた時、闇のなかから黒い影がそっと姿を現し、多助へ寄って来た。

多助が驚きの目をやると、それは三十過ぎの婀娜っぽい女であった。小雪を散らせた茄子紺の艶やかな着物姿だ。

「あれっ、おめえさんは確か賭場にいましたよね」

女の名はお銀といい、皮肉なうす笑いを浮かべながら、

「外れだったじゃないか、御用聞きのお兄さん。あたしもてっきりあの三人が下手人だと思っていましたのさ」

多助は近くでお銀の容姿をまじまじと見ていたが、美しいその顔にごくりと生唾を呑み込み、

「おめえさんは何者なんですね。おいらのことを知ってるみてえだけど、こっちにゃさっぱりわからねえ。正体を明かして下せえよ」

「知りたいかい」

「へえ」

「ちょいとつき合いなさいな」

目許に謎めいた笑みを浮かべ、お銀が誘った。

五

こういう年上の女は、多助は苦手だった。

というか、これまでの人生ではさしたる女とつき合った経験など皆無で、たまに町内の年頃の娘と芝居を見に行ったり、汁粉を食べたりする程度で長続きはせず、深みに嵌まった女など一人もいなかった。

女には限りない欲望と興味を抱き、いつも好きな相手と理無い仲になることを夢想

しているのだが、果たせずに今日まで来てしまった。

糅てて加えて、もはや三十に手の届く年なのに、心を通わせる女の一人もいない多助は愚図で奥手なのである。そんな自分が嫌でたまらず、その逆を行く何事にも潔い兄の秀次には常に対抗心があり、反撥をするも、結果は敗北に終わるのだ。

（今に見ていろ、おれだって）

いきりたちはしても、それは所詮背伸びに過ぎず、負けん気はいつもへし折られた。

そんな多助だから、奥山の居酒屋へ入り、お銀のような成熟した大人の女と床几に向き合っても、何を話していいのかわからなくて困惑した。しかしお銀は多助のしていることを何もかも知っているようであり、その謎が解明されないうちは、ここでおさらばとはいかないのである。

お銀に酒を勧められても、下戸だからと正直に白状して、もっぱら多助は酌に廻った。

「姐さん、名めえは」

「まだ名乗ってなかったわね」

銀だと告げ、多助も名乗ろうとすると、

「知ってるよ、おまえさんの名は。多助さんだろ」

多助は薄気味悪くなり、

「なんでおいらの名めえを。気味が悪いな」

「気にしない、気にしない」

「そうはゆかねえよ。あのさ、どういう人なんだい、お銀さんは。正直に明かしてくれねえかな」

「さあね、あたしにも自分がわかんないんだよ」

惚(とぼ)けてみせた。

「からかってるのかい、だったら怒るよ」

「うふっ、可愛い、怒った顔。御用聞きをやっていても十手はまだ頂戴してないんだね」

「それがどうしたい、おいらの心はすっかり岡っ引きの親分だぜ。姐さんをふん縛ることだってできるんだ」

「ふん縛るったってあたいは何も悪いことしてないんだよ。おまえさんをちょいとからかっただけじゃないのさ」

「やっぱりからかってるのか、畜生めえ」

言葉とは裏腹に、多助はお銀との会話を楽しんでいるようだ。表情がでれっと弛(ゆる)んでいる。

　お銀はコロコロと笑うや、不意に真剣な目になって、

「で、どうなんだい、大事件の詮議は」

「佐賀町の一件のことだな」

「そうだよ」

　多助は警戒の目になり、

「それを知りたくておいらに近づいたのか」

「だって罪のない人が七人も殺されてるんだよ。誰だってその後のことを知りたがるだろうに」

「そりゃそうだが、ふつうはあんたみたいにここまでやらないよ。よほどの暇人なのか、それとも事件に関わりのある人なのか、どっちかだろ。どうなんだい、お銀さん」

　それには答えず、お銀は手酌で酒を注いでくいっと飲み、

「あたしゃね、あんたとおなじ深川の住人なの。住んでる所を教えるわけにゃいかないけどね」

「生業(なりわい)は何をしてるんだ」

「それも言えない。でも悪事を働いてるわけじゃないわ。これでも素っ堅気なんだから」

「そうは見えねえなあ……あんた鉄火肌の感じがするし、明神屋の賭場にいた姿がピタッと嵌まってたぜ。丁半の読みだって外れはなかったよな」

「うふっ、よく見てたじゃない」

「おめえさんのこと、最初っから気になってたんだ」

「いい女だからねえ」

「自分で言うかよ」

「賭場じゃ結構儲けさせて貰っちゃった。ここの払いはいいわよ」

「助かるぜ、気っぷがいいんだね。けどやっぱり姐さんに心を開くわけにゃゆかねえな。だって得体が知れねえもの。つき合うとしても用心しなくっちゃならねえ。おっかねえ後ろ楯があったら困るものな」

「アハハ、おっかないってどんな後ろ楯さ」

「そりゃまあ、いろいろとさ」

　お銀が流し目をくれて、

「そんなにあたしのことが知りたいのかい」

「人づき合いは信用がまずでえじだろうに」

「あたしの方はおまえさんを信用してるんだよ」

「こっちはそうはゆかねえよ」

お銀は多助の手にそっと白い手を重ね、

「ねっ、また会いたいわね」

多助はお銀の手を拒まず、うっとりして、

「お銀さんに会うにゃどうしたらいいんだ」

「八幡様の梅の木におみくじに見せかけて結び文をしておいて。赤い印かなんかつけて」

「いいね、それって。わくわくしてくるよ。でもなんかなあ、すっかりお銀さんに手玉に取られてるみてえだぜ」

「いいもんだろ、年上の女ってのも」

お銀がまた色っぽい目で多助を見た。

慌てて目を逸らし、多助は内心で思う。

(気をつけよう、謎の女と夜の道)

お鹿の教えだった。

　お銀との出合いは駒蔵にもお鹿にも言う気になれなかった。秘密にしておきたかった。

　しかしもう少し深く考えれば、正体もろくにわからない女に、ゆめゆめ心を開いてはならないのだが。

六

　秀次に伴われ、お鹿は佐賀町へ向かっていた。

　深川は隆盛の町だから、どこでも人馬の往来が頻繁（ひんぱん）で、活気があった。

　朝飯が済むなり、秀次が話があるというから、お鹿は洗い物をおぶんに任せ、唐紙を閉め切ってその前に座った。駒蔵は奉行所へ呼ばれて行き、多助も行く先を告げずにどこかへ出掛けていた。

「おっ母さん、ちょっと一緒に来てくれねえか」

「どこへ」

「佐賀町だよ。実は見出人（みいだしにん）（目撃者）が見つかったんだが、こいつがどうにも……」

　秀次が困ったような顔になって口を濁（にご）す。

「はっきりお言いな。お父っつぁんには話したのかい」

「いいや、言ってねえ」

「なんだね、この子は。奥歯にものが挟まったみたいで嫌だね。それじゃ話は道々聞かして貰うよ」

おぶんに送られ、二人は家を出た。


秀次はお鹿と共に佐賀町まで来ると、裏通りへ入り、一棟の棟割長屋の路地へ入って行った。一軒の家の戸を叩き、「安の市さんはいるかい」と秀次が言う。

すぐに返事はなく、ややあって油障子が開き、小肥りの中年の按摩が顔を覗かせた。

「入船町の秀次でござんす」

「ああ、秀次さん、お入りなさい」

秀次はお鹿を誘って座敷へ上がり、按摩の安の市の前に座った。

「今日はおっ母さんと来たんだ。おっ母さんは捕物の手伝いもしているのさ」

「あ、そうかい。お初でございます」

安の市が頭を下げ、お鹿も返礼して鹿と名乗り、

「話は道々倅から聞きましたよ。紅屋で事件のあった晩、おまえさんは下手人らしい

奴と出会ったそうですね」

見出人が盲人では下手人を見たとは言えないから、それで秀次は迷い、困惑していたのだ。

「そうなんです。それもひと晩に二度もその人に会ったんですよ」

「どういうことなんです」

興味が湧いて、お鹿が問うた。

久しぶりに盲人の按摩に接し、お鹿はなつかしいような気分になっていた。少女の頃、近所に住む按摩平の市から学を授けて貰い、その感謝の念は今も消えずにいたからだ。だが平の市が隠れ切支丹だったことから、宗門改めに捕まって仕置されてしまった。その平の市への思いが切なく甦り、お鹿の胸を湿らせるのだ。

そんなことは露知らず、安の市は語る。

「事件の日の夕暮れ近くに、お得意さんの米問屋の佐貫屋さんに呼ばれて行ったんです。その時紅屋さんの前を通ると、路地裏に人の気配がしました。男でしたよ。でもこの通り目が不自由でございますんで、通り過ぎますと、路地裏のその人はむしゃむしゃと何かを食らっておったんです。腹拵えをしているんだなと、すぐにわかりましたが、あたくしは気に留めずに行き過ぎました。気配から察するに、その人はこっちに背を向けている様子でございました。それから佐貫屋さんで揉み療治を済ませて、来た時とは別の道を通りました……別の道ってのは、つまりそのう、実はお恥ずかしい話で恐縮なんですが、堀川町にコレがおりまして」

はにかむような笑みで、安の市は小指を立てて見せ、

「それでその、千鳥橋を渡っておりますと、また路地にいたおんなじ人が立っておりました」

「どうしておなじ人だと？」

お鹿が聞き込む。

「まっ、あたくしの勘でございますね。その人の匂いと申しますかなんと申しますか、そういうのは間違ったことはないんです」

「それで？」

「どうにも気になって後をつけました」

「ええっ」

お鹿は秀次と見交わし、気を昂らせて、

「どこへ行きました、その人」

秀次がお鹿を遮るようにして、

「安の市さん、そんなに目が利くんならそいつの身分はわかりやせんか。さむれえか町人かぐれえは」

秀次も興奮している。

「お武家様ですね、あれは。腰に落とした刀が重いんで、片方の足の音が違うんですよ。あ、それと……」

「それと、なんです」

秀次の質問は間を置かない。

「小鈴の音が微かにしたんです」

「小鈴？」

秀次が思わず問い返した。

「大刀か脇差のどっちかに小鈴が結んであったような。猫の首玉なんぞにつけるあれですよ。魔除けとかなんとか、おまじないにしている人がいるんです。以前にもお武家様でそういう人がおりました。まっ、町人で煙草入れに小鈴って人もいましょうが、やはりあれはお武家ですよ」

「小鈴……」

秀次がまたおなじ言葉をつぶやいた。

「それで安の市さん、行く先は」

居ても立ってもいられない気持ちで、お鹿が安の市を追及した。

七

年番方筆頭与力高見沢監物、吟味方与力岡島小金吾、吟味方同心前原伊助、定廻り同心江守忠左衛門の四人が鳩首(きゅうしゅ)を寄せていた。

昼下りの南町奉行所の与力詰所で、障子を開け放った縁側には駒蔵が控えている。身分違いゆえ、距離を置いているのだ。

「どうかな、七人殺しの下手人は。まだ目星はつかぬか。もう半月が過ぎるではないか」

高見沢がおもむろに切り出し、一同を見廻した。老年ながら高見沢は奉行の次席の地位にあるから、威厳はむろんのこと、その言葉にはずしんとした重みがあった。

駒蔵を差し置き、三人は遠慮がちな視線を交わしていたが、江守が思い切って口を開いた。

「口惜しゅうござるが、まだなんの進展もござらぬ」

高見沢は黙ってうなずく。

「況(いわ)んや、下手人の輪郭(りんかく)すらもつかめず、敵がどのようなつもりであのような惨事を引き起こしたのか、それすらもわからぬのが現状にござる。高見沢殿のご寛恕(かんじょ)にも限りがあると思われまするが、今暫(しばら)くのご猶予(ゆうよ)を賜(たまわ)りたく、平に」

「これ、江守」

高見沢が穏やかな声で言い、江守はそれに「はっ」と答えて叩頭(こうとう)する。

「そう堅苦しく考えんでくれ。わしはどこまでも寛恕な気持ちでいるぞ。とは言え、確かにお主が言うように限りはある。お奉行も苛立(いらだ)っておられるし、人心もまた不安が募っておろう。なんとか打開が叶わぬものかの」

するとと岡島が膝を進め、

「高見沢殿、申し上げたき儀が」

「うむ、申せ」

「下手人が侍であることは間違いないものと思われまするが、身贔屓(みびいき)ではなく、幕臣であることは到底考え難いものと。諸藩の家士、あるいは浪人の仕業ではございまするまいか」

「誰が下手人であるにせよ、七人を殺(あや)めてなんの得がある」

「浪人者が刺客として雇われたとしたら如何でござろうか」

高見沢はハッと虚を衝かれた顔になり、

「では雇い主の真意はどこにある」

「七人のなかの一人が本命で、他の六人はめくらましということも」

高見沢が目を剝き、

「なんと……だとするならこんな非道はないではないか。めくらましで斬られたとしたらとんだとばっちり、よい迷惑だ」

「刺客にしてみれば事のついでゆえ、どうということはござるまい。元より鬼畜外道の仕業なのですから」

「うむむ……」

高見沢が苦い顔で考え込んだ。

前原が江守と見交わしておき、

「高見沢殿、事件以来、七人全員の素性を調べておりますが、いずれも根無し草のような連中でござって、特に人の怨みを買うような輩もおらず、ないない尽くしのなかでなんともそのう……」

「おい、前原、高見沢殿の前でつまらぬことを申すな。そんなことは今さら言うまでもあるまい」

　江守が前原を叱るように言う。

「それはそうなんじゃが、しかしそこにかならずや隠されているものがあると思い、日夜詮議をつづけておるのではないか」

「高見沢殿、こ奴の申すことは無視して下され。齢(よわい)を重ねて少々惚(ぼ)けてしまったのです」

「まだ惚けてはおらん、それはお主だ」

「黙れ、何を言うか。貴様の話はいつもつまらん。気が利かぬのじゃ」

「よくも申したな、それはお主であろう」

「なにい」

　睨み合う二人に、駒蔵は下を向いて笑いを怺(こら)えている。こうした江守と前原の言い合いはいつものことだった。決して仲が悪いのではないのだ。

　高見沢も失笑で、

「これこれ、そう角突(つのつ)き合わせるでない。実は今般(こんぱん)、もうひとつ気になることが」

　そう言って一枚の人相書を取り出し、岡島に差し渡した。

　岡島、前原、江守の順にそれを見て行く。

人相書には月代を伸ばした無宿人の顔絵と罪状が書き記してあった。

最後の江守が声に出して読む。

「甲州無宿巳之介、齢三十二、身の丈五尺八寸、面長で月代伸ばし、眼光鋭く、色黒し。彼の者、甲州山梨郡勝沼にて名主勘右衛門宅を襲い、家人九人を皆殺しの上、現金百両を強奪せしもの也。他の悪行数知れず。石和代官所甲斐代官増田安兵衛」

江守は驚きの目を上げ、駒蔵の方にも人相書を差し廻しておき、

「まさかこ奴が江戸に?」

高見沢に向かって言った。

「そのような噂もあるがなんとも言えぬ」

「まだ捕まっておらんのですな」

江守の問いに、高見沢はうなずき、

「もしこの巳之介が江戸にいるのなら、こたびの七人殺しもあり得ると、お奉行がそう申されてこれをわしに託してきた。関わりなきやも知れぬが、無下にもできまいて。それは三年前の事件なのじゃよ」

「九人殺しとは、七人殺しを上廻りますな」

これは前原だ。

「巳之介は徒党を組まず、常に一人で罪業を重ねている。在所が甲州なら江戸まではひとっ飛びじゃからな、当方も安穏としておられぬわ」

「お待ち下され」

江守が高見沢を遮り、

「七人のなかに甲州にゆかりの者がおりましたぞ。旅人のお初なる者で、これがまた素性のはっきりせぬ女なのでござる。そうだな、駒蔵」

駒蔵に見返って言った。

「へい、左様で。女の在所は甲州都留郡犬目新田、小作人の娘にございやす。はっきりしたことはそこまでしかわかっておりやせん」

「お初に関して、その後どうだ」

さらに江守が聞く。

「お初のことはうちの嬶ぁが調べておりやした。お初は甲州で世話ンなった恩人を探しに江戸に出て来たらしいんですが、それがどんな恩義なのか、誰にも語っておりやせん。ですんで、そこから先がぷっつりなんでございやすよ」

高見沢が柔和な笑みになり、

「駒蔵、お鹿は相変わらず捕物を手伝っているのか」

「へい、さいで」

「以前にも役に立ったことがあったの。あれはなんであったか」

「三年めえに日本橋石町の大店から、千両箱がある日突然消えたんでがすよ。お役人方はよそからの物盗りと踏んでおりやしたが、お鹿は家ンなかに目を向けたんでさ。てのも、お店は厳重な戸締りをしていて、外からへえる余地はねえはずだと。揚句に、素行の悪い手代二人に狙いをつけてつけ廻し、ようやっとそいつらをふん縛ることができやした。石町はあっしの縄張じゃござんせんが、あの時は土地の親分に頼まれやした」

「おお、そうであった。お鹿の推量は見事であったぞ」

「お恥ずかしい次第で」

「よろしく伝えてくれ」

「へっ」

駒蔵が恐縮して叩頭する。

岡島はじっと思慮を巡らせていたが、

「気になるな、お初なる者……取るに足りぬ女の旅人と思っていたが、存外事件に関わりがあるやも知れぬ。さらに調べてみる必要がありそうだ」

八

深川佐賀町は永代橋から新大橋南にかけての大川沿いに、下ノ橋、中ノ橋、上ノ橋の間に分散して幾つかある。

木賃宿の紅屋や居酒屋の鰯屋は永代橋寄りの佐賀町だが、安の市が怪しんで後をつけた謎の男は、千鳥橋を北へ渡って油堀の河岸沿いに行き、途中で気配を消したという。男が消えてしまったので、安の市は不審を抱きつつ女の家へ向かった。

油堀は下ノ橋から千鳥橋の先まで流れ、松平備中守の屋敷つづきの佐賀町に、その昔ここいらに油商人の会所があったところから付けられた里俗名だ。

お鹿は秀次と共に油堀のその辺りを、胡乱げに見廻しながら歩いていた。それも雲をつかむような話で、男がどこに消えたのかわからないのだから探しようがないのである。

表通りには江戸暦開板所、書物問屋、藍玉問屋、干鰯〆粕魚油問屋、味噌問屋、米問屋、御菓子所、明樽問屋、などが賑々しく軒を連ね、往来の人も多く、特段他の町となんら変わりはない。裏通りへ廻っても然るべきで、なんの変哲もない長屋や飯屋が並んでいる。

しかし――。

お鹿はその町になぜか違和感を持った。ほかの町と何かが違うのである。店の佇まいとか、奉公人の顔つきがおかしいとか、そういうことではなかった。奉公人たちはいずれも生真面目そうで折り目正しく見える。いや、その折り目正しさがひっかかったのか。不自然に思えてならない。商家の奉公人なら、女好きそうな番頭とか、遊びを覚え立ての手代や食いしん坊の洟垂れ小僧、色気づいた女中などがいるのがふつうだが、油堀界隈にはそういう者はおらず、誰もが妙にきちんとしている。まるで人形が人間になりすまし、公序良俗を絵に描いたようなのだ。それは結構なことで悪くはないのだが、お鹿は気に入らない。欠点だらけの人間らしさが伝わってこないのである。道には塵ひとつ落ちていなかった。

「どうしたい、おっ母さん。さっきから浮かねえ顔をしてるじゃねえか。何かひっかかってるのか」

押し黙ったお鹿の様子を訝って、秀次が言った。

「うーん、それがなんとも言えないんだよ。おまえさ、この町おかしいと思わないかえ」

「えっ、おかしいって、どこが。おれにゃどこにでもある月並な町にしか見えねえけど」

「違うんだよ、それが。何かが違うんだ」

「とりとめのねえこと言わねえでくれよ、おっ母さんらしくねえぜ」

「うん、そうだね、そうかも知れない」

お鹿の言うことや直感などは、日頃から信じてやまない秀次であっても、今の言葉は得心がゆかない。おかしな奴、妙な人間がいるというのならわかるが、町が変だとは理解ができないのである。

とりあえず、二人で自身番へ入った。

秀次が「ちょいと聞きてえことがあって来やした」と言って十手を見せて身分を明かすと、町役人の家主、店番、番人らがきちんと正座して二人を迎えた。お鹿の目にはそれもどこか気に入らない。

秀次はお鹿のことを、「おっ母さんのお鹿でさ」と告げる。

「どんなことをお尋ねで？」

温厚そうな老家主が、二人に問うた。

お鹿にうながされ、秀次が質問をする。

「この界隈にご浪人様はどれだけ住んでいなさるんで?」

老家主は戸惑ったような顔になり、

「はて、そう申されましても……よその町とおなじように何人かはおられますが。ご浪人様をお探しなんでございますか」

「へえ、まあ」

「年は幾つで、お顔はどのような?」

「それがわかっていりゃ苦労はしませんよ。皆目見当のつかねえ相手を探しているんで」

老家主は穏やかな顔に失笑を浮かべ、

「見当がつかないのでは、こちらもお答えのしようもございませんなあ」

「刀に小鈴をつけてる人はいませんかい」

「小鈴でございますか」

老家主が店番と番人に目で問い掛けると、二人とも思い当たらないという仕草をする。

「それじゃ人別帳を見せて下せえ。ご浪人の名めえを書き出して、直に当たってみまさ」

秀次に言われ、店番が書棚に積んだ人別帳を取り出して来て、律儀(りちぎ)な仕草で差し出した。秀次はそれをめくって浪人者を探し出し、紙と矢立を手に持参の帳面に書き込んで行く。

お鹿はその間、町役人たちの様子をさり気なく観察していたが、

「つかぬことを聞きますけど、この界隈に住んでる人たちはまだ新しいんでござんすか」

老家主たちは面妖(めんよう)な表情になり、見交わし合って、

「いいえ、ここは旧(ふる)い町でございますよ」

佐賀町一帯は元は海岸の干潟(ひがた)であって、寛永(かんえい)六年（一六二九）に有力町人六人の手によって築地された。旧名は深川猟師町(りょうしまち)といわれていて、元禄(げんろく)八年（一六九五）の御検地の時に、肥前国(ひぜんのくに)の佐賀の湊(みなと)に地形が似ているところから、猟師町を佐賀町に改めたと、老家主は説明する。

「それがどうかしましたかな」

老家主に問われ、お鹿は返事に困って、

「いえ、その、なんてんでしょう、町の人たちの顔が土地に馴染(なじ)んでないように見えたもんですから」

お鹿の説明に、老家主らはなんとも答えようのない様子で、キョトンとしている。

秀次はお鹿をうながし、町役人らに礼を言って自身番を出た。

「おっ母さんはやっぱり間違ってねえや」

二人して歩きだしながら、秀次が言った。

「えっ？」

「なんとなくおかしいぜ、この町は。自身番の連中もどっか変なんだよ。どこがって言われると説明がつかねえんだけどな」

「そうだろう、そうなんだよ。あたしも本当に説明がつかないんだけど、でも妙なのさ」

九

晩飯の後、十手一家の寄合となった。

「まずはこいつを見てくんな」

駒蔵が折り畳んだ人相書の写しを一同に差し廻し、

「こいつぁ三年めえ、甲州勝沼で村名主を襲った巳之介ってえ野郎の人相書なんだが、そこじゃ一家九人が皆殺しにされている。お奉行様はそこに拘って、もしやこたびの件も巳之介の仕業じゃねえかと疑ってるんだ」

　秀次は人相書に見入って、

「こんな怖ろしい野郎がいるのかよ、お父っつぁん」

　そう言って、お鹿に人相書を差し廻した。

　それをチラッと見ただけで、お鹿はさしたる反応を見せず、無表情なまま多助に廻す。別の何かがお鹿の心を捉えているのだ。

　多助はおぶんと共に人相書を見ている。

「甲州といやぁお初の在所がおなじだった。偶然かも知れねえがひっかかってならねえ。岡島様もお初をもっと調べてみろと言いなすった。それに岡島様はこうも言っていた。紅屋の七人殺しの狙いはたった一人で、後の六人はめくらましじゃねえかと。そういうこともあり得るから、おれも驚いたぜ。さすが岡島様だよ」

　そこで駒蔵はひと息つき、

「ところで秀次、おめえの方はどうでえ」

「今日はおっ母さんと佐賀町へ行って、事件のあった晩に怪しい奴を見たという按摩さんが現れたんで、会ってきたんだ」

「按摩なら見えないはずよね、おまえさん」

おぶんが突っ込みを入れるから、秀次はカチンときて、

「そんなこたわかってらあ。按摩さんはそう感じたと言ってるんだよ」

「あやふやな話だわ、相手が按摩さんじゃ」

「おめえは黙ってろ。按摩さんが言うには、怪しい男が千鳥橋の先で消えたってえから、あの辺一帯をおっ母さんと調べ廻った。自身番にへえって人別帳を見せて貰い、住んでる浪人衆を書き出して一軒ずつ当たってみたんだ。けど皆殺しの非道をするような奴は、今日会って来た浪人のなかにゃいなかったぜ、お父っつぁん」

「ふむ、そうかい」

秀次がつづける。

「ご浪人方の暮らしが貧しくって気の毒だったなあ。独り者はともかく、家族持ちなんて内職に忙しくってそれどこじゃねえって感じだった。この目でしっかり見たけど、人殺しを請負うような人はいなかった。なっ、おっ母さん」

それには答えず、お鹿は黙って紫煙を燻らせている。

駒蔵が多助の方へ身を乗り出し、

「ところで多助、さっきからどうして黙り込んでるんだ。何かあったのか」

多助は急に落ち着かなくなって、

「い、いや、別に。何もねえよ」

「おめえ、今日はどこ行ってたんだ」

秀次に聞かれ、多助は困ったように、

「どこって言われても、今日は何も。八幡様の辺りをぶらついていただけよ」

「八幡様で何やってたんだ」

「えっと、何やってたかなあ」

追い詰められた多助は、初めは惚け通す腹のようだったが、一同の視線が集まり、それに耐えられなくなってカクンとうなだれた。

「昨日、妙な女がおいらに近づいて来たんだよ」

静かなざわめきが起こった。

「あ、いや、その前にだね、堀田源三郎の周りに出没した三人の身内衆のさむれえってのは、やっぱり国許から追って来た連中で、仇と狙っていたんだ。でも堀田が紅屋で殺されてそれが果たせなくなって、三人は当てが外れて行きはぐれちまい、酒や博奕で気を紛(まぎ)らわせていたんだ。後をつけ廻していたら向こうに勘づかれて、おたがいに話ができてよかったよ」

「それで、どうしたんだ」

駒蔵が話の先を急かせる。

「三人と別れたところで、妙な女が姿を現して、紅屋の事件のことをいろいろと聞いてきたんだ。何者なのか探ってやろうと、女の誘いに乗って奥山の居酒屋で酒の相手をした。むろんおれぁ飲めねえから、もっぱらお酌係よ。するってえと女はお銀と名めえを明かして、また事件のことを。肝心なことは何も喋るまいと心に決めてつき合ったけど、向こうもおいらの詮索をはぐらかすばかりで埒が明かなかった。お銀に会うにゃ八幡様の梅の木に、おみくじに見立てて赤い印の結び文をつけとけと言われたんで、今日早速行って結び文をしといたけど、お銀は現れなかった。なんだか狐に化かされたみてえな、与太に近え話だからまた兄貴に怒られると思って今まで黙ってたんだ」

多助は素直に、正直に告白した。

「結び文にはなんて書いたんだ」

秀次の問いに、多助はひ弱な表情で、

「昨日会ったばかりだけど、すぐお銀さんの顔が見たくなったと。本心じゃねえよ、そんなのは。あくまで相手を探るためにそう書いたんだ」

「どんな女なんだ」

これも秀次だ。

「ひと口にゃ言えないね」

「いい女なのか」

「う、うん、まあ」

「年は」

「おいらより二つ三つ上って感じかな」

秀次は駒蔵とお鹿に目をやり、

「どういう筋の女なんだ、いってえ。敵なのか、味方なのかわからねえよな」

駒蔵とお鹿は見交わし、

「どんな魂胆(こんたん)があるんだろ。事件に関わりのある人なのか、そうでないのか。でも多助に事件のことを聞き込むってことは、無関係とも思えないね」

お鹿が言うのへ、駒蔵もうなずき、

「よし、多助、おめえは引き続きその女を追いかけてみな。魂胆がわからねえうちは何も言うんじゃねえぞ」

「うん、そうするよ」

「多助さん、年上の女には気をつけてね」

おぶんに言われると、多助は顔をパッと赤くして、

「でえ丈夫、それぐれえの女の目利きはおいらにも」

秀次の視線に気づき、多助はうろたえて、

「……自信はねえけど、やってみらあ」

やがてお開きとなり、駒蔵と多助は湯屋へ行き、おぶんだけが山本町へ帰って行った。

お鹿と秀次の二人になった。

「おっ母さん、まだもやもやが取れねえみてえだな」

「わかるかい」

「あった棒よ、母子じゃねえか。おっ母さんの胸の内ぐれえは手に取るようにわかるぜ」

「どうしようか、秀次」

「何をよ」

「佐賀町が怪しいって件だよ」

「やってみな、おっ母さんの気の済むまで。お初の調べやお銀て女のことはおれっち

三人でやるからよ。任してくれ」
お鹿は目を輝かせ、すまないと言った。

第三章　疑惑の町

一

深川佐賀町を北へ、仙台堀を跨いで上ノ橋を渡り、河岸沿いに少し行くと深川清住町へ出る。

ここも昔は佐賀町とおなじく旧町名を猟師町と唱えていたが、その後分散し、名主の名を取って弥兵衛町となった。さらなる変遷があり、元禄八年（一六九五）に今度は弥兵衛の姓の方に変更され、清住町となって落ち着いた。

その後百年余の間に、何代か前の弥兵衛が遊蕩を尽くして破産となり、他人に名主の座を奪われて没落した。町名は残ったが、それ以来清住家の再興はならずである。

ゆえに当代の弥兵衛は昔の栄華を知らず、生まれた時から貧乏人として育ち、今は霊雲院という寺で寺男をやって、活計を立てている。由緒ある家柄といっても、それでは飯を食えず、微かな誇りだけを頼りに細々と生きているのだ。

霊雲院は以前は天王山福源寺といい、曹洞宗で、武州入間郡竜ヶ谷村竜穏寺の末寺である。宝暦八年（一七五八）に今の地に移り、霊雲院と改めた。寺社方より寺領二百石を賜り、寺地五千三百六十五坪の敷地を擁する大寺院だ。

お鹿は聞き込みをして廻った末、土地の古老として弥兵衛に目を付けた。佐賀町のことなら詳しいはずだと踏んだのである。

町が怪しいと言ったとて、誰にも理解されることではないから、お鹿は慎重になっている。今は唯一伜の秀次だけが理解者で、佐賀町への疑念は、駒蔵にも多助にもまだ打ち明けていなかった。

人を介さず、いきなり弥兵衛を訪ねることにした。寺で聞くと、弥兵衛の住居は裏庭の炭小屋であると言われた。

もはやたそがれ迫る刻限である。

「もし、御免なさいよ」

案内を乞うと、「うるせえな」とぶつぶつつぶやく声が聞こえ、油障子を開けてお鹿より年上と思われる老人が顔を見せた。痩せこけた躰に継ぎ接ぎだらけの木綿を着て、一見貧相だが、よく見ると気骨のある面構えをしている。血筋なのかも知れない。

世が世なら町名主の弥兵衛である。

「なんだ、おめえさんは」

お鹿を見ると、好色そうな目許が弛んだ。

「鹿と申します。亭主は入船町の駒蔵という岡っ引きでござんして」

そう言っておき、弥兵衛の顔を覗き込み、

「弥兵衛さんですね」

念押しした。

「そうだが、岡っ引きの女房がなんの用だ」

十手持ちの女房とわかると、鼻白んだようだ。

「土地のことをいろいろ聞きたいんですよ」

「土地が下手人なのか」

お鹿はドキッとする。

「はっ？」

だが弥兵衛は悪戯っぽい笑みになり、

「戯れ言だよ。なんだか知らねえがへえんなせえ。こちとらいつだって暇なんだ。いっぺえつき合わねえか」

「頂戴します」

炭俵を積み重ねた奥に、赤茶けた茣蓙を敷いた二帖半ほどの座敷があり、弥兵衛は万年床をはね上げて場所をこさえ、お鹿を招じ入れた。すぐ台所へ立って酒の用意をする。肴は沢庵だった。

「まっ、ぐっと空けてくんな」

弥兵衛が欠けた茶碗に徳利の酒を注ぐ。

「酔わせないで下さいね」

お鹿は気っぷのいい女だから、飲みっぷりも一流だ。沢庵も平気で音を立てて食べる。

「どうなるんでえ、酔うと」

面白そうな顔で弥兵衛が聞く。

「見境がなくなります」

弥兵衛は急いで手酌で飲み、わくわくしてきた様子で、

「面白くなってきやがったぞ。おめえさんなら異存はねえ。年は食ってるがまだ充分に女だろ」

「女は死ぬまでやめられませんね」

「なんだかときめいてきちまったぜ、どうしようかな。岡っ引きの亭主ってのが怖えけんどよ」

「その前に……」

「なんの前だ、生唾を呑んでもいいか」

本当にゴクッと生唾を呑んだ。

「おまえさんのこと、いろいろと聞いて来ました。佐賀町には詳しいんですよね」

「その通り、佐賀町の何を知りてぇ。大昔におれのご先祖様はここいらを仕切っていたんだぞ。元禄の頃だがよ、へへへ、ちょっと古過ぎるか」

弥兵衛は頭髪の禿げ上がった頭をてらてらと光らせ、好々爺の顔で笑って言う。存外に剽軽者のようだ。

「昔っから今みたいな町でしたか」

「どういう意味だよ」

「はっきり言うと、今の佐賀町は何か変なんですよ。活気はあるんですけど、あたしには死んだ町みたいに見えるんです。それで知ってることがあったら教えて貰おうと思いまして」

「死んだ町……」

そうつぶやいた後、弥兵衛はなぜか黙り込んだ。

「どうしました、弥兵衛さん」

弥兵衛は無言のまま飲みつづける。表情が暗くなってきた。

「佐賀町のこと喋ると何か障りでも？」

「い、いや、その、なんだ、ちょいと具合が悪いんだ」

弥兵衛はうろたえている。

「具合が悪い？」

お鹿は怪訝顔になり、

「意味がわかりませんけど」

「けえってくれねえか」

いきなりぶっきら棒に言った。

「どうして」

お鹿が目を尖らせた。

「なんぞ疚しいことでもあるんですか」

「そんなものあるわきゃねえだろう、けえってくれって言ってんだからけえってくれよ」

取りつく島はなかった。

（この人は隠し事をしている）

お鹿はそう睨んだ。

二

お鹿の執念は尽きず、気持ちが収まらないから、さらに佐賀町界隈を探索しつづけた。

すでにあちこちで火が灯されている。

仙台堀周辺を歩いているうちに、ちょっと小腹が空き、目についた河岸沿いの蕎麦屋へ入った。天ぷら蕎麦を食べ、上酒一合を頼んだ。実家が蕎麦屋だったから、お鹿は味にはうるさい。汁はうまかったが、蕎麦の味は今ひとつだった。固いのだ。上酒も日頃自分の家で飲んでいる酒の方がうまい。〆て百二十文は高いと思った。

だがそんなことはおくびにも出さず、店の者や客の顔ぶれをさり気なく眺めた。ここもやけにきちんとしていて、大声や下卑た笑いなどは聞こえない。亭主に何年ぐらいやっているのかと尋ねると、三年前からだという答えが返ってきたが、それきりだった。無駄な雑談をしないようにしているのか、よそ者に冷たい感じを受けた。

こういう所でいくら聞込みをしてもはかばかしくないことはわかっているから、素っ気なく店を出た。すると背中に視線を感じて、お鹿はギョッとなった。店のなかから亭主や小女らがお鹿のことを見ていたのだ。気づかぬふりをしてそのまま立ち去った。なぜ見ているのか、薄気味悪かった。

目立つのはよくない、今日はこれくらいにしておこうと、入船町へ帰ることにした。するとと背後から、ちょっとした騒ぎが起こった。

何人かの町人が戸板に乗せた人を運んで来て、お鹿の脇を騒がしくすり抜けて行った。医家をめざして急いでいるのだ。戸板に乗っているのは中年の男で、腹を押さえて苦しんでいる。どこかが悪くて腹痛を起こしているようだ。

その男も、付きしたがっている男女も、身装（みなり）は貧しく、裏長屋の連中かと思われた。

夜になって急病人が出たのだ。格別珍しいことではなかった。

その一行を見送るお鹿の耳に、聞き馴れない妙な言葉が飛び込んできた。「早く手翳（てかざ）しして貰うんだ」と男がくぐもった声で言い、女が「そうよ、それが一番だわ」と言っている。

(手翳しだって？　なんのことだい)

聞き捨てならず、お鹿は立ち去れなくなった。知らぬ間に一行を追っていた。夜の道をどこまでも行く。また仙台堀の河岸地に戻る形になり、そこいらは武家屋敷や寺院が並んでいる。

大きな檜(ひのき)の樹木に隠れるようにして、その屋敷はあった。武家でも寺社でもなく、正体はわからない。戸板を運ぶ一行がその屋敷のなかへ入って行った。すると暗くて人相はわからないが、屋敷の者らしい男が出て来て一行を迎え入れた。すぐに長屋門(ながやもん)の扉が閉め切られる。

お鹿は門前に茫然(ぼうぜん)と佇(たたず)んだ。

(なんだい、このお屋敷は)

一行は入ったきりで、しんとして、なかからはなんの物音も聞こえてこない。その屋敷のことが無性に知りたくなり、お鹿は辺りを見廻したが往来の人影もなく、途方に暮れて近くをほっつき歩いた。

そこへ火の番の夜廻りがやって来て、お鹿はその老爺(ろうや)に駆け寄った。

「ちょっと教えてくれませんか」

キョトンとしている老爺に、後方の屋敷を指さし、

「あのお屋敷はどなたのものなんですか」

「ああ、あれは置神様のお屋敷じゃよ」

お鹿は奇異な顔になる。

「なんですか、置神様って」

「知らんのか」

「初めて聞きました。何をしている所なんですか。今さっき急病人が運び込まれて行きましたけど」

「それはそうじゃろう、まっ、あそこは言ってみればそのう、えっと、病いを治す所をなんと言ったかな」

「施療院ですか」

「そう、それじゃよ、施療院」

「医者の屋敷なんでしょうか」

「いいや、医者ではないよ。手を翳すだけで病いを治すそうな。医者よりも上じゃな」

「ええっ、そんなことが叶うんですか」

「まだできて数年だと思うから、そんなに広く知れ渡っているわけではないが、大変な御利益があるらしい。おまえさんもどっか悪いところがあったら門を叩くがよろしかろう」

「どんな人がやってるんです」

「わからんよ、行ったことがないからの」

「知ってることだけでも教えて下さい」

「噂じゃ神懸かりなある人がいて、駆け込んだ人は有難くも病いが治されたと聞いたぞ」

「それが手翳しのお蔭なんですね」

「そうじゃろうが、わしゃ詳しいことは本当に知らんのじゃ。置神様のお蔭であろう。そのうち江戸中に広まるかも知れん。よいことじゃ」

お鹿の疑惑は益々募った。

三

翌日の昼である。

埋立地とはいえ、深川の歴史は旧く、昔は下総国内であり、後に武州葛飾郡の内となった。

以前は海浜で一面萱野であったが、家康が入国して開墾をし、深川を命名した。

永代寺境内の八幡様が中心で、八幡御旅所や初音稲荷がある。八幡様の前の梅林はつとに名高く、時節がくると紅梅、白梅が妍を競う。

梅の枝にはおみくじが無数に結んであるのだが、最近赤い印のついたそれがやけに目立つのである。

稲荷の社殿の陰に隠れ、今日も多助は張込みをしていた。お銀の到来を待っているのだが、一向にその気配はなく、待ちくたびれている。会えないとなると尚更思いは募るもので、今や多助の胸は狂おしくも張り裂けそうだ。

お銀につき合うには酒が不可欠と思っているから、家の台所でふた親の目を盗み、飲む稽古をしたものの、その度にくらっとなってひっくり返った。恋への努力は惜しまない男なのである。

今日も多くの参詣人が行き交っていて、武家は許されないが、町人の男女は気楽に連れ立って遊山気分を楽しんでいる。

それを見るにつけ、うらやましくてたまらなくなる多助なのだ。

（くそっ、今に見ていろ、おれだって）

秀次への対抗心とおなじ思いに駆られた。

いきなり背後から肩を叩かれ、多助は驚いて飛び退いた。

艶姿（あですがた）を決め込み、お銀が立っていた。

「うわっ、お銀さん。こんな所で会えるなんて、なんとまあ、嬉しい偶然なんだ」

見え透いたことを言った。

お銀は謎めいた笑みのまま何も言わず、多助の脇をすり抜けて一本の梅の木の下へ近づいて行き、赤い印の結び文を手にしてなかを開いた。それを読むなりくすっと笑う。

「急ぎお知らせしたきことって、何さ。ほかのもみんなおなじ中身なのね」

「いや、それはあの、そう言った方がいいと思って」

「そんなにあたしに会いたかったんだ」

恥ずかしそうに多助は爪を噛（か）む。

「どうだい、その後」

「へっ？」

「事件のことよ」

「ま、まあ、いろいろと、なかなか……」

進展がないことを暗に匂わせた。

お銀はそれと察して鼻で嗤い、

「ちょいとつき合わないかい」

「え、どこへ」

「浪人溜よ」

「そんな所があるんですか」

お銀はうなずき、

「どうするのさ」

「待って下さい、どうしてそんな所へ。何しに行くんですか」

「事件のために決まってるじゃない。七人殺しの下手人は浪人者でしょうが」

「誰から聞いたんですか」

「うるさい、行くのか行かないのか、どっちなの」

「うるさいだなんて、そ、そんなぞんざいな言い方は今までしなかったですよね。と言っても、今日でまだ二度目だけど。どうした変わりようなんですか」

「面倒臭いのは嫌いよ」

お銀に見放されたら困るから、

「あ、いや、行きます、地獄の底でもなんでもついて行きますです。連れてって下さい」

多助がお銀の袖をつかむと、邪険(じゃけん)に振り払われた。

「命の保証はないわよ」

束の間(つかのま)、多助は身を引いて、

「怖ろしい所なんですね」

「当ったり前よ、兇状持ち(きょうじょうも)ちの浪人がうじゃうじゃいるんだから」

「その前に今日こそ明かしてくれませんか」

「何をよ」

「お銀さんの正体ですよ、いったい何者なのか。だってそれを知らなくて危ない所へは行けませんよね」

「じゃ、いい。あたし一人で行く」

お銀が身をひるがえした。

「待って下さい」

泣きっ面で多助が後を追った。すっかりお銀に牛耳(ぎゅうじ)られていた。

四

お鹿と秀次が並んで座し、駒蔵と向き合っていた。おぶんは不在で、晩の買い出しに出ている。

駒蔵の家の奥の間だ。

「おめえに言われて調べてきたぜ、お鹿。江守の旦那に聞いてきたんだ」

言いながら、駒蔵はふところから書きつけたものを取り出して広げ、

「おめえが怪しいと思った仙台堀の屋敷は、仙台伊達様のお屋敷の近くだな」

「そうだったのかい、夜のことだったからそこまでは」

「屋敷の持ち主は大伝馬町一丁目、木綿問屋の嶋屋宗兵衛ってことになっている。嶋屋は大層な大店で、伜夫婦の新居にと思って別宅を建てたらしい。ところが嫁になるはずの娘がぽっくり流行り病いで逝っちまって、それで屋敷は宙ぶらりんになってな、半年ばかり放っておいたら、是非貸してくれねえかと言う人が現れたんだ」

「何者なんだい、その人は」

気掛かりな表情で、お鹿が問う。

「風啞坊と名乗る粋人らしいぜ」

「粋人ったって、どんな実入りがあるのさ。あの屋敷の店賃だって安くはないだろうに」

「粋人についちゃおれにもよくわからねえ。おれたちの手の届かねえそういう連中が、この世の中にゃいるのさ」

つまりは高等遊民なのか。

「その風啞坊が置神様なんだろうか」

「さあ、風啞坊とか置神様なんて聞くと何やらうさん臭えんだが、実はそうじゃなくて、風啞坊にゃれっきとした後ろ楯がいるらしいぜ。それで嶋屋も安心して貸したんだよ」

「そりゃ誰だい、お父っつぁん、よほどの大物なんだな」

「聞いて驚くなよ。名めえを言っただけでビビっちまう相手だぜ」

「じれってえな、早く言ってくれよ」

苛立って秀次が言う。

「お寺社奉行の丹羽伯耆守様よ。播磨国を治めておられる五万石のお大名だ」

「そんな偉いお殿様がなんだって得体の知れない粋人なんかと」

得心のゆかない顔でお鹿は言う。

「殿様なんてな元々風変わりな人が多いからよ、どっかで風唖坊みてえな奴とつながったんだろうな。もしそうなら風唖坊は取り入るのがうめえってことになる。そこで置神様か手翳しか知らねえが、思いもよらねえ生業を始めたんじゃねえのか」

「お寺社奉行様のお蔭で、守られてるみたいだね、風唖坊ってな」

お鹿は慨嘆する。

「おっ母さん、こいつぁ手を引いた方がよかねえか」

「手を引くだって？」

「妙なことに首を突っ込むと怪我をするかも知れねえ。沢してやお寺社奉行様が後ろ楯じゃ手も足も出ねえよ。それに誰かが泣かされてるわけじゃねえし、元に戻って紅屋の下手人探しをつづけようぜ」

「ちょっと待っとくれ、あたしゃ違う道へ踏み込んでるつもりはないんだよ。下手人らしい浪人の後を追ってるうちに、あの屋敷に辿り着いたんだ。無駄なんかじゃないよ」

秀次に次いで駒蔵も難色を示し、

「けどおめえ、粋人の後ろ楯が問題じゃねえかよ。こちとら町方がお寺社方に文句のひとつも言われたら、江守様や前原様に迷惑が及ぶんだ。下手（へた）したらお奉行様もお叱りを受けるかも知れねえ。お寺社方を怒らせるようなことになったら、十手だって返上しなくちゃならなくならあ。いいのかよ、それでも」

「うむむ……」

二人から説得され、お鹿は切歯扼腕（せっしゃくわん）の体（てい）で唸った。唇を引き結び、押し黙る。心は揺れていた。

しかし闇のなかに聳（そび）える伏魔殿（ふくまでん）のあの残像は、お鹿の脳裡（のうり）から消えることはなかった。

五

お銀が連れて行った先は、蛤町（はまぐりちょう）、万年町（まんねんちょう）、平野町（ひらのちょう）に囲まれた深川寺町（てらまち）であった。

九宇ほどの寺々がひしめいている。

一宇に正寿院（しょうじゅいん）という小さな寺があり、その裏門からお銀は入って行き、多助はおっかなびっくりしたがいながら、

「お銀さん、こんな所に浪人溜があるんですか」

「うん、大勢いるんだ。昼は一応堅気の仕事をして、夜になると何をするかわからない奴らよ」

「どうしてそんなこと知ってるんですか」

　またお銀の正体を聞こうとして、多助は慌ててやめた。お銀の機嫌を損じたくはない。

　金槌(かなづち)で桶(おけ)でも叩くような音が聞こえ、お銀は銀杏(いちょう)の樹の陰に多助と隠れ、音のする方をうながした。

　開けっ放しの土蔵のなかで、十数人の浪人たちが襷掛(たすきが)けに着物の裾(すそ)を端折(はしょ)った姿で働いていた。早桶を作っているのだ。

「早桶かあ、なるほど」

「職にあぶれたご浪人さん方を、慈悲深い住職が憐れんで、早桶を作らせているんだよ」

「へえ」

「どうだい、あのなかにそれらしい奴はいないかい」

「そんなこと言われてもわかりようがねえですよ、お銀さん。下手人の顔も年も、何もわかっちゃいねえんですから」

「岡っ引きの端くれだろ、ピンとくる奴はいないかい。よっく見てご覧な」

多助は目を凝らし、浪人たちに見入る。どれもこれも尾羽打ち枯らした体だが、兇悪そうなのはいない。ピンとこないのである。

「さっき兇状持ちがうじゃうじゃいると言いやしたね、あいつらみんなそうなんですか」

お銀がうなずき、

「大なり小なり犯科に関わってるね。あの右から二人目の丸っこくて小さい奴を見ておくれ」

その浪人は善良そうで、真面目に桶作りをしている。

「いい人みてえだけど」

「辻強盗なんだよ、あいつは。人を斬っちゃいないけど、無法を働いて金品を奪っているのさ。町方からお手配されてるんだ」

「とてもそんな風には……それにしてもお銀さん、あっしの先を行ってますね。どっちが岡っ引きかわからねえや」

「あんた、あたしの手先になってくれない」

「ええっ、急にそんなこと言われたって」

「みんな知ってるよ。あんたの家は入船町にあって、お父っつぁんの名は駒蔵、おっ母さんはお鹿、腹違いの兄さんは秀次ってんだ」

「よく調べましたね」

「そうしなきゃあんたに近づけないだろ」

「その通りで。おいらの家は十手一家なんですよ」

「でもあんたはまだ半人前だ。お父っつぁんや兄さんからは、時には邪魔者扱いされている」

「毎日泣いて暮らしてやす」

「だからさ、あたしと組んで手柄を立てさせて上げるわよ」

「願ってもない話ですね」

「ついといで」

「はっ?」

「黙ってついてくりゃいいの」

寺町からほど近い仕舞屋(しもたや)に、お銀は多助を連れて行った。お銀の住居なのだ。

格子戸を開けて入って行くと、お銀はあっちだよと言って一方の部屋を指し、自分は別室へ姿を消した。

多助が指示された部屋へ入って行くと、そこに一匹の猿がちょこなんと座っていた。人に馴れているようで、兇暴には見えない。

「あれっ」

猿を見てすぐにピンときた。

「お銀さん、おめえさんもしかして」

するとお銀の声が飛んできた。

「窓や障子を閉め切っとくれ」

「えっ、あ、はい」

猿の機嫌をとりながら、多助が窓や障子を閉め切る。

「お銀さん、紅屋で殺された人のなかに確か猿廻しの団七って人がおりやした。もしかしてこの猿公(エテこう)は、団七さんの忘れ形見じゃねえんですかい」

唐紙が静かに開き、お銀が現れた。着物を脱ぎ捨て、襦袢(じゅばん)だけの姿になっている。

「お銀さん、ど、どういうことなんで……」

「こっちへお出で」

「えっ、でも、その」

「愚図ぐずしないで、さあ、来るんだよ」

言い放ち、お銀は先に隣室に消えた。

多助は情緒不安定になり、腰を浮かしかけたりまた座ったりしていたが、恐る恐る隣室へ近づき、「お銀さん、いいんですか」と言った。返答はない。

隣室へ入るとそこに夜具が敷いてあり、お銀が横になって誘う目でこっちを見ていた。

もはや言葉はいらないから、多助はへいこらしながらお銀のそばへ寄って行った。するといきなりお銀の手が伸びて、夜具のなかへ引っ張り込まれた。泡を食ってバタつく多助の口が、お銀のそれに塞がれた。

キイッと、猿が奇妙な鳴き声を上げた。

六

置神様の伏魔殿を、お鹿は檜の大樹から見張っていた。

相変わらず門扉(もんぴ)は固く閉ざされ、今のところ人の出入りはない。なかからはなんの物音も聞こえず、森閑(しんかん)としている。

突如、樹木の間から雉子が引き裂かれるような鳴き声を上げた。ひと声だけで、また静寂が戻った。

しびれを切らせ、お鹿はその場を離れて動き廻った。町方の力を借りて邸内へ踏み込むことが一番なのだが、寺社奉行が背後に控えていてはそうもゆかない。元々町人の寮で寺社地ではないのに、寺社方が護っているというのも面妖な話だ。そうしておかないと、内部のことが漏れてしまうからだろう。ということは、邸内はかなりうさん臭い。何をしているのか、どんな人間が蠢いているのか、お鹿は知りたくてならない。七人殺しの下手人が匿われているのなら、伏魔殿は一気に壊滅できる。

（なんとかならないものかねえ……）

忍び込むことも考えたが、危険過ぎると思った。見つかって正体がバレたら元も子もないのだ。駒蔵が言うように、皆に迷惑がかかることになる。

そこへ杖を突いて腰の曲がった一人の老婆がやって来た。歩行が困難らしく、歩くのも覚束ないようだ。その老婆は門脇の潜り戸を開け、誰に咎められる様子もなく邸内へ入って行った。

老婆にくっついて、そのまま入って行きたいような衝動に駆られるも、お鹿は怺えて見張りつづけた。

甘酒売りが通りがかり、お鹿は呼び止めて甘酒を一杯飲んで喉を潤した。

この土地の者かとお鹿が聞くと、甘酒売りは両国から来たと言う。両国の人間に用はないから、そのまま行かせた。

再び大樹の陰に戻ったところで、潜り戸から最前の老婆が出て来た。

それを見て、お鹿は目を見張った。

老婆の腰はもう曲がってはおらず、背筋をしゃんと伸ばし、杖は使わずに手に持っているではないか。

（そんなことって……）

お鹿は啞然となり、別人のように元気に歩きだす老婆へ思わず駆け寄って、「もし」と呼び止めた。

老婆が歩を止めてギロリとこっちを見る。

「おまえさん、さっきは確かに腰が曲がっていましたよね。あたし、この目で見ました。それがこうして出て来た時は、すっきりしゃんとなって杖も使ってません。どうしたことなんですか」

「大きなお世話だ」

「えっ」

「あんた、よそもんだろ。こんな所で何してるんだい。余計な世話は焼かないどくれな」

「あの、でも、ちょっと話だけでも」

お鹿が老婆に触れると、「何すんだい」と言って老婆は撥ねつけ、少しばかり揉み合いになった。往来の人が集まって来る。

「誰か、助けとくれ」

老婆が大仰（おおぎょう）な叫び声を上げ、お鹿は手を放して困惑した。そこへ助け船が現れ、十手を見せて老婆を取りなし、人を散らせた。駒蔵だ。

「フン、まったく。忌（い）まいましいったらありゃしない」

怒ったように言い、老婆は逃げるように立ち去った。

「おまえさん、いつ来たのさ」

お鹿がバツの悪い顔で駒蔵に言う。

駒蔵は苦笑で、

「こんなこったろうと思ったぜ。おめえはこうと決めたらまっしぐらンなるからなあ。呆れてものが言えねえや」

七

「ちっとも変わってねえよなあ、おめえって奴ぁよ」

しみじみとした口調で、駒蔵は横に立つお鹿に向かって述懐する。

二人は仙台堀の河岸に立っている。

「御免よ、おまえさん、知っての通りあたしゃ我が強いものだから」

「我とか意地だけじゃあるめえ。おめえは生まれつきそういう性分なんだろうぜ。ひとつ得心のゆかねえことがあると、とことん追い詰めなきゃ気が済まねえのさ」

お鹿は苦笑して、

「男に生まれた方がよかったんだろうか」

「まっ、男だったら鳶や火消しってとこだろうが、岡っ引きにゃ向かねえな」

「向かないかえ」

「ああ、向かねえ。十手持ちってな人の話をよっく聞いて、物事に熱くなっちゃならねえんだ」

「御免ね」

　またお鹿は謝って、

「もうあのお化け屋敷にゃ手を出さないよ。でないと皆さんに類が及んじまう」

「それでいいのか」

　お鹿が駒蔵を見た。

「おめえの性分で、謎に蓋（ふた）ができるのか」

「できるさ、自分をごまかしゃいいんだ」

「そいでもって、毎日胸をムカつかせて暮らせるのか。おめえの浮かねえ顔は見たくねえぜ」

「何を言いたいのさ」

　駒蔵がにやっと笑った。

「もう止（と）めねえよ」

「えっ、止めないって……ンもう、どっちなのさ。おまえさんて人は何を言ってんのかわけがわかんないじゃないか」

「おめえはまっとうな女だ。まっとう過ぎるくれえまっとうなんだ。間違ったことにゃ我慢がならねえ。弱えもんが泣かされて泣きの泪（なみだ）でいると、おめえの胸ンなかの火の玉がメラメラ燃えてくるんだ。そうなるってえともういけねえ。悪事の張本人を見つけ出して、お天道様の下に引きずり出さねえと承知しねえんだ。おめえは火の国から来た女なんだ」

「火の国……」

お鹿がつぶやき、面映い顔になって、

「ちょっと言い過ぎだよ、おまえさん。あたしゃふつうの婆さんのつもりなんだからね」

「いいや、違うな。おれと一緒ンなって、おめえはどれだけ陰で働いてくれたか知れやしねえ。おれの立てた手柄の半分はおめえの手助けの賜物なんだ。おれとしちゃ大きな声で言えねえがよ。ちゃんとわかってるんだぜ」

「もうその辺でよしとくれ。穴があったら入りたくなっちまうじゃないか」

「これからもよろしく頼むぜ、お鹿」

駒蔵が真顔になって言った。

お鹿は少し慌てて、

「そんなこと言わないどくれな。なんだか寂しいよ。あんたあってのあたしなんだから」

「違えねえ、おいらもおめえがあってこそだぜ」

「うん」

「お化け屋敷の謎、突き止めてやろうじゃねえか、お鹿」

「でも皆さんに迷惑が」

「まだそんなこと言ってんのか。人に遠慮ばかりしてたら悪い奴は退治できねえんだぞ」

お鹿は嬉しさを噛みしめ、うなだれる。

「さっきは半信半疑でお化け屋敷に行ったけどよ、ありゃどう考えてもおかしいや」

「おまえさんも見てたろう、あの時の腰の曲がった婆さん、どうして治って出て来たのかしら」

「なんぞ裏があるに決まってらあ」

「裏って、どんな」

「今は何もわからねえが、こいつぁ尋常ひと筋縄じゃゆかねえな。こっちも腹を据えてかかるつもりよ」

お鹿は急に気分が高揚してきて、

「おまえさん、今晩は少しばかりご馳走(ちそう)にしないかい。軍鶏鍋(しゃもなべ)なんぞはどうかしらねえ」

「そいつぁいい、けどよ、出汁はやっぱりおめえだな。おぶんのはちょいと薄味なんだ」

「いつも言ってるんだよ、あんたのは今一味が薄いって。醤油と味醂が効いてないのさ。味の濃い薄いは腕に覚えがありゃなんてことないんだけど、おぶんはまだこれからさね」

「任せるぜ、お姑さんよ」

二人が家路へ向かってしばらくすると、前方で動き廻っている人物を見て思わず見交わし合った。

そこは佐賀町の外れに当たり、秀次が片っ端から通る人をつかまえ、何やら聞込んでいるのだ。

「おい、秀次」

駒蔵に呼ばれ、秀次は束の間当惑した表情を見せるも、ふんぎりをつけたようにして寄って来て、

「何してるんだ、お父っつぁん」

逆に聞いてきた。

「お、おれぁおめえ、お鹿が気になってよ、居ても立ってもいらんなくなったんだ。

それでこうして助っ人に来ちまった。てめえの嬶ぁが気になるな当然だろうが。おめえこそ何していやがる」

　秀次は苦笑して肩を揺らし、

「なんだ、そうだったのかい。実はおいらもお父っつぁんとおんなじ思いでよ、おっ母さんにああは言ったものの、岡っ引きとしてそれでいいのかって考え直してな、この一件を調べてみるつもりンなったのさ。今までおっ母さんがこうと思ったことで、間違ったことはなかったからよ」

　お鹿は嬉しくなって、

「秀次、よくそんな気になってくれたね。嬉しいよ、あたしゃ」

「ところがここいらで置神様や風啞坊の名めえを出しても、誰しもが口を濁してはっきり言いやがらねえ。やっぱこいつはおかしいや」

「そうなんだよ、おかしいんだよ」

「よしよし、話の先はじっくり家にけえってしようじゃねえか。日が暮れちまう、行こうぜ」

「あいよ」

　歩きだす二人の後を、秀次はしたがって、

「おっ母さん、今晩のおかずはなんだい」

「当ててご覧な、おまえの好きなものだよ」

「そう言われたってよ、好物はいっぺえあっからなあ」

「食いしん坊だよな、おめえって奴ぁ」

「お父っつぁんほどじゃねえさ」

「この野郎」

笑いが弾けた。

家庭円満を喜ぶお鹿の気持ちに、ふっと水が差して一抹(いちまつ)曇った。

（スケの奴はどうしたんだい）

実子の動静が気になった。

立ち去る三人をやり過ごし、家の軒下から深編笠の室賀左膳がじっと見送っていた。

その頬には嘲(あざけ)るような、虚無な笑みが広がっている。それは人を不幸にせずにはおかない、悪意に満ちたものであった。

八

お銀が炭火の燃える七厘の前に陣取り、焼き柿を焼いていた。

多助はその横でお銀に頬をくっつけんばかりにして、もの珍しげに見守っている。日頃の念願通り、特定の女と理無い仲になれたのである。猿は炬燵で躰の手入れをしている。

焼き柿は皮つきのままを五等分ほどに切り分け、それを焼いて食べる。焼けるのを見ていると皮にほんのり焼き目がつき、皮と実の間からブシュッと汁が吹き出し、糖分の焦げる甘い香りが立ち上がってくる。あくまで間食として食べるものだ。

「へええ、こいつが焼き柿かあ。おいら、初めてだぜ」

「江戸の人はあまり食べないからね、珍しがられるよ。あたしの国じゃみんな食べてるんだ」

「国はどこ？」

「雲州の出雲さ」

多助が目を丸くして、

「ええっ、お銀さんてそんな遠くの人だったのかい、驚いたな。江戸にはいつからなんだい」

「もう五年になるね、国を捨てて。今でもお父っつぁんがなつかしいよ。もう死んじまったけどさ。この焼き柿は団七さんの好物だった。あの人とのつき合いは三年とちょっとだったけど、旅から帰って来て、秋だといつもこれをせがむんだ」

「ここに一緒に暮らしてたんじゃねえのか」

「そうじゃないよ、江戸でも猿廻しをやってたけど、あの人はほとんどが旅の空だった。ここへは人恋しくなると来るんだ」

「なるほど、そういう仲だったのか」

「あの人、昔があったんだろうけど、あたしにゃ詳しい話はしなかった。四十を過ぎて独り者やってんだから、当然だけどいろいろあったんだろうね。どっかに女房や子もいるなんて話を聞いたこともあるよ」

　言った後、お銀が深い溜息をつく。

「どうしたい」

「あんなやさしい人はいなかった、つくづくとそう思うよ。苦労人なんだね、きっと。知り合ったきっかけは両国の賭場(とば)でさ、あたしがすってんてんに巻き上げられてんのにすっかり熱くなっちまって、賭けるものがなくって躰ひとつしかないところを無理押しして、もうひと勝負って捨て鉢で言ったんだ」

「そうしたら、どうしたい」

「すると団七さんが駒札を廻してくれて、これで最後にしなせえと。ところがそれがツキの変わり目で大勝ちしたんだよ」

その時のことを思い出したのか、お銀はハラハラと泪を流し、慌てたように手拭いで顔を拭う。

多助は同情を寄せ、そっとお銀を抱いてやる。

「団七さん、そばで見てたんだね」

「そういうことだろうね、あたしゃ気づかなかったけど」

「てえことはおめえさん、博奕打ちだったのかい」

「まあね、江戸に来てから切った張ったが好きで賭場に入り浸っていた。その昔にやくざの女房をやってたんだ」

「その人はどうしたんだい」

「賭場の悶着が元で命を落としちまったよ。それからずっと独りでいたら、団七さんと知り合ったのさ。ここで一緒に暮らそうよってあたしの方から言ったんだけど、おれにゃ旅の空が合ってるって」

「いつ来るか知れねえ団七さんを待ってたってのかい」

「そうさ。でもあんな木賃宿に泊まっているなんて知らなかった。ここへ来てりゃ命を奪われることはなかったのにさ」

「腹が立つよな、この事件はいろんな人の人生を台無しにしてるんだ。おめえさんはおめえさんで調べてるんなら、何かわかったことはねえかい。この際だ、力を合わせようぜ、お銀さん」

「あたしの手足ンなってくれるって約束、守ってくれるんだね」

「ああ」

「あたしゃ団七さんを斬った下手人、どうしても許せないんだよ」

「恩義を感じてるんだな、団七さんに」

「十しか年は違わないけど、あの人は死んだお父っつぁんみたいだった。おっ母さんはふしだらだったけど、お父っつぁんは団七さんみたいないい人だったんだ。その団七さんがあたしに堅気になるように説いてくれた。あたしはすっかりいい子になって、そうしようと決意していた矢先だった。今じゃもう元のやくざな女にゃ戻れないね」

焼き柿がこんがり焼き上がり、お銀が「焼けたよ」と言い、ひとつを取って多助に手渡し、自分も手にして一緒に食べようよと言った。

熱いそれを二人してふうふう吹きながら食べる。固めだった実はやわらかくとろけ、甘味が増して熟柿(じゅくし)のように変身していた。まるで干し柿の風味である。炬燵から出て来た猿が二人の間に割って入って来たので、お銀が柿を与える。猿はそれをうまそうに抱え込んで食う。

「あっ、うめえ、たまらねえ」

「うふっ、その喜びよう、団七さんみたい」

「差し当たってどうすりゃいい」

お銀は焼き柿を皿に一旦置き、多助に真顔を据えて、

「実はおまえさんに話してないことがあるんだ」

「おう、聞かしてくんな」

多助は思わず身を乗り出した。

九

十手一家の朝飯である。

炊き立てご飯、佃煮、納豆の献立だ。

武家の家庭では食事中に喋ることは作法として御法度だが、町人社会にそんな決まりはなく、大いに語り合う。

秀次が勢いよく喋っている。

「おっ母さんが佐賀町界隈を怪しいと思ったな間違っちゃいねえと思うぜ。伊達様の近くに現に置神様の屋敷があるってのに、あの辺の連中ときたらいくら聞いても話をボカすんだ。ふざけるなっちゅうの。こりゃどう考えたって庇ってるか、隠し立てしてるかのどっちかしかねえじゃねえか」

「庇ってるってな変だわ、おまえさん」

おぶんが納豆を頬張りながら嘴を入れる。

「庇い立てじゃなかったら、隠し立てだよなあ。そうなるってえと、佐賀町の住民てなみんな置神様の廻し者ってことに」

「それも変よ、おまえさん」

おぶんがさらにつづけて、

「つまりあれじゃないかしら、手騒しかなんか知らないけど、あの辺の人たちは置神様から何かの恩を受けているのよ。それで庇い立てして、置神様のことはよそ者には喋らないようにしてるんじゃない」

「いってえどんな恩を受けてるってんだ、おぶん」

「そりゃ病気を治してくれたとか、運が向いてくるようになったとか、いろいろよ。もっと言うなら、手驕しのお蔭で長年授からなかった子供ができたかも知れないし」

「そいつぁ手だな、おぶん」

「へっ？」

「おれっちも子供ができねえで困っている。ちょいと手驕しをやって貰おうか」

「嫌よ、あたしは。そりゃなかを探ることはできるかも知れないけど、こっちの魂胆を知られて出られなくなったらどうするの。とても叶わない話だわ」

「そっかあ」

「まっ、そこまでしてやるこたねえやな。ほかにうめえ方法を考えようじゃねえか。君子危うきに近寄らずって言うだろうが」

食べ終えた駒蔵が茶を飲みながら言い、

「なっ、おめえ」

お鹿に同意を求めた。

「確かに危ない橋は渡りたくないけど、この先手詰まりとなったらその手もありかも知んない。けど今は外堀を埋めてく方がいいね。あたしゃ今日も佐賀町へ行くつもりだよ。スケ、おまえつき合いな」

　多助はちょっとおどおどとして、

「い、いや、今日は少しばかり都合が……別の日につき合うよ、おっ母さん」

「おまえ、近頃何してるんだい。ちっともこっちと足並を揃えないじゃないか。なのにちょこちょこよく出掛けてくよね」

「そりゃまあ、おいらなりの考えがあって」

「どんな考えさ」

　多助は言葉に窮して、

「今聞かれても困るんだよ」

「おまえ、前に聞いたお銀とかいう妙な女にひっかかってんじゃないだろうね。お銀とはその後どうなんだい、会ってるのかい」

「会ってねえよ、音沙汰なしだ」

　多助は目を伏せて言う。

「それならいいけど、そういう得体の知れない女はよしにしな」

「う、うん」

今や多助にはそれはできない。お銀との未来図を思い描いているところなのだ。

「おまえ、遊んでるのと違うかえ」

お鹿のさらなる追及だ。

「とんでもねえ、遊ぶ金なんかねえの知ってるだろう、おっ母さん。まあ、その、なんつったらいいのか、おいらのやってるこた外堀の外堀で動いてるみてえなもんだから、わかって貰えねえかも知れねえけんど……」

「おい、多助、おっ母さんだけじゃなくておれにもわからねえぜ。妙に遠廻しな言い方してねえではっきり言えよ。おめえが遊んでるとは思っちゃいねえからよ」

「困ったな、困ったな」

多助は汗を掻いて、落ち着きなく、

「兄貴、そう鬼の首取ったみてえにおいらをいじめねえでくれよ」

「何をほざきやがる、いつおれがいじめたってんだ。この野郎、痛え目に遭いてえのか」

「助けてくれ、おぶんさん」

腕まくりして息巻く秀次に怖れをなし、多助は逃げ腰になって、

「おまえさん、その辺にしといておやりよ。多助さんだって今は言えないって言って

るじゃないか。きっとうちのためになることをしてるんだから、見守って上げようよ」

「そうそう、見守っていてくれよ。物事先を急ぐばかりじゃよくねえぜ、兄貴」

「ふン、ほざくな。相変わらず使えねえ男だな、てめえって奴は」

「ヒデ、もういいよ。スケがこう言ってんだからあたしゃ何も言わない。スケ、好きにおやり」

「すまねえ、おっ母さん」

「その代りどんなことでも自分の胸にしまい込まないで、あたしなりお父っつぁんなりに言うんだよ、いいね」

「うん、わかった」

　散会となり、その日もそれぞれ別々の動きをするなかで、多助が駒蔵をそっとつかまえて、

「お父っつぁん、ちょっと顔を貸してくれ」

「なんだあ?」

「でえじな話があるんだ、手間ぁ取らせねえよ」

　お鹿や秀次の方を気遣いながら囁（ささや）いた。

十

多助が駒蔵を連れて行った先は、町内の入船稲荷だった。

人影はなく、遠くで数人の子供が遊んでいる。木場では筏(いかだ)が木材を運んでいて、のどかな光景のなか、鵯(ひよどり)がピーヨ、ピーヨと騒がしく鳴いている。

「おい、ここでどんな話があるってんだ。おれぁこういう陰でこそこそってな、好きじゃねえんだ」

「わかってるよ、お父っつぁん。今ある人に会わせるからさ」

「誰でえ、そりゃ」

「さっきおっ母さんの話に出たろ、お銀さんだよ」

駒蔵がムカッと目を剝(む)き、

「てめえ、会ってねえって言ってたじゃねえか」

「嘘ついて御免。悪気はねえから勘弁してくんな」

「てめえって奴は」

駒蔵は多助の胸ぐらを取り、

「何考えていやがる。その女におれを会わせてどうしようってんだ。気に入らねえな、おれぁ戻るぜ」

多助を突き放し、行きかけた。

「待ってくれ、お父っつぁん」

追い縋る多助が、駒蔵の袖をつかんだ。そこで少し揉み合いとなった。

「ええい、てえげえにしろい」

振り払って行きかける駒蔵の前に、すっとお銀が立った。

駒蔵は険しい目で見やる。

お銀が一歩下がって慇懃に頭を下げ、

「親分、どうもお初でございます。あたくしは銀と申します」

駒蔵はお銀に、たちまち警戒の色を浮かべて、

「おめえがお銀か、はっきり聞くけどどんな魂胆を持って伜に近づいてるんだ。世間知らずの伜は騙せても、このおいらの目は節穴じゃねえぞ」

お銀が苦笑を滲ませて、

「親分さん、そりゃないんじゃありませんか。初めてお会いするってのに、はなっから悪い女みたいに決めつけないで下さいな」

「おれにゃ長年培(つちか)ってものがあるんだぜ。甘く見るなよ。おめえは得体が知れねえ女だ。女狐が化けてるとしか思えねえ。信用できねえな」

二人の間に立って多助はおたつく。

「お父っつぁん、いきなりそんな風に嚙みつかねえでくれよ。おいらの立場だってあるんだぜ。話だけでも聞いてやってくれねえか。お銀さんは重大な知らせを持ってるんだ」

駒蔵は向き直ってお銀を見据え、

「ほう、重大な知らせときやがったか。ならここで言ってみな。篤(とく)と聞こうじゃねえか」

覚悟をつけたように、お銀は表情を引き締めて、

「紅屋の七人殺しの下手人ですよ。実はあたしゃそれらしい浪人を見て知ってるんです」

「なんだと? なぜ知っている、おめえはどういう立場でその話をするんでえ」

多助の方を見て、

「おめえはこの話、もう聞かされてんのか」

「あ、ああ、聞いたばかりだけど。ともかくそれでお父っつぁんに知らせようと、こ

うして」

「面白くねえな」

駒蔵は再びお銀に目を戻す。

「お父っつぁん、お銀さんは殺された七人のなかにいた猿廻しの団七さんのいい人だったんだ。それで仇討がしたいのさ」

「猿廻しの？　ああ、確かにいたな、その人は。けどどうやって証し立てするんだ。死人に口はねえんだぜ」

「そう言われたら身も蓋もありませんね。親分は人を疑るのが商売だからそうなんでしょうけど、多助さんはあたしのこと信じてくれましたよ」

「おれと多助とは違うんだ」

「そりゃわかりますけど」

「信じてくれねえか、お父っつぁん」

駒蔵が押し黙った。

お銀は斜めに駒蔵を見て、さり気なく様子を窺っている。

やがて駒蔵が重い口を開いた。

「それじゃおめえ、その浪人の所におれを案内できるか」

「へえ、すぐこの足で」

「よし、じゃ連れてってくんな」

「承知しました」

お銀にうながされ、駒蔵はしたがう。だがついて来る多助にふり返って、

「おめぇはいい、ついて来るな」

「どうしてさ、こいつぁおいらが持ってきた話なんだ。お銀さんだってお父っつぁんと二人だけじゃ気詰まりだろうぜ」

「邪魔だと言っている。つまらねぇ気遣いは無用なんだよ。おめぇは家にけえってろい」

「け、けどお父っつぁん」

駒蔵はお銀と行きかけ、多助に言う。

「おめえ、なんでおっ母さんにこの話をしねえ。なんでおれなんだ」

「そ、そいつぁ……」

多助は言い淀む。

「おっ母さんだとおっかねえからか」

「まあ、そんなとこだ」

「おれぁ怕くねえってか」

「お父っつぁんならわかってくれると思ったんだよ。そんなこたどうだっていいじゃねえか」

「ついて来るんじゃねえぞ」

駒蔵はお銀と立ち去った。

多助がそれを見送って、

「畜生、ガキ扱いしやがって」

腹いせに下駄で小石を蹴った。とたんに鼻緒がプチッと切れた。

（なんだよ、縁起でもねえな……）

多助が表情を曇らせた。

そのまま戻れなくなった。

十一

亀久橋を北へ渡ると、東平野町の裏通りに火事で焼けた商家があった。

土蔵だけが焼け残っていて、お銀は駒蔵に顎でしゃくり、

「浪人はあの土蔵ンなかに住みついてるんですよ」

駒蔵は用心深く土蔵を見やり、

「今いるかどうか、見てこい」

「へえ」

お銀がうなずき、焼け跡へ足音忍ばせて入って行き、土蔵に近づいてなかの様子を探った。そしてハッとした顔になり、急ぎ戻って来て、

「いますよ、親分」

「何人だ」

「一人です」

「よし、それじゃおめえに頼んでいいか」

「へえ、どうぞ」

「来る途中にあった自身番へ走って、町役人を呼んで来てくれ。鳶の衆にも声を掛けて貰いてえ。すんなりお縄になるとは思えねえから人手がいるんだ」

「わかりました」

お銀はすばやく立ち去った。

駒蔵は十手を握りしめ、油断なく土蔵へ近づいて行く。壊れた扉からそっとなかを

覗いた。ところがガランとして誰もいない。焼け焦げた葛籠（つづら）や長持（ながもち）が積み重ねてあるだけである。

(妙じゃねえか)

さらに土蔵のなかへ足を踏み入れた。黴臭（かびくさ）く、薄暗く、不気味に静まり返っている。

その時、横倒しになった衝立の陰から、ぬっと黒い影が立ち上がった。

気配にふり向いた駒蔵が、思わず表情を凍りつかせた。

それは黒羽二重を着て朱鞘の大小刀を差した室賀左膳であった。

「うっ、てめえは……」

「室賀左膳、貴様の追っている紅屋七人殺しの下手人である」

堂々と名乗りを上げた上で、

「貴様如（ごと）き御用聞きにつけ廻されるはへどが出る。目障（めざわ）りなのだ。よってここに成敗（せいばい）してやる」

渇いた、無機質な、感情のない声で室賀は言う。

駒蔵は十手を突き出し、がらくたを蹴りのけて足場を固めながら、

「御用だ。神妙にしやがれ」

ズシンと重い声で言った。

室賀はふところ手のまま、能面のような無表情で近づいて来る。

十手を構えて駒蔵は後ずさった。

「やい、なんで紅屋に押入った。なんで七人もの人を手に掛けたんだ」

「七人に怨みつらみはない。法外な手間賃を貰ってやっただけだ。どのような事情があるかなど、わしの知ったことではない」

「頼んだな、いってえどこのどいつなんだ。そいつの名めえを言ってみろ」

「死にゆく貴様に言っても詮ないこと。黙って目を閉じるのだな」

「わけを聞かなきゃ目は閉じられねえぜ。ここではっきり言ってみろ。言うんだ、この野郎」

「ふン、貴様如きに明かしてなるものか。とっととあの世へ行け」

「じゃかあしいやい」

駒蔵が猛然と突進した。十手を唸らせてふり廻し、室賀に肉迫する。そこには数々の修羅場を潜ってきた凄味があった。

右に、左に、攻撃を躱していた室賀が、あなどっていたので肩先を十手で打撃された。ぐらっと足許が揺らぐ。その顔面に怒りの朱が差した。

「小癪な、この身のほど知らずめが」

ギラッと抜刀し、駒蔵に対峙した。

その時、室賀の腰に落とした印籠の小鈴が揺れてチリリンと鳴った。

駒蔵は精一杯の目で睨み据え、

「てめえなんざ地獄に堕ちるがいいぜ。おれの背中にゃ七人の罪のねえ人たちが怨霊となって乗っかってるんだ。天罰を下せと叫んでるぜ」

ひと声吠え、再び駒蔵が果敢にも突っ込んで行った。

無慈悲な兇刃が閃いた。

駒蔵が袈裟斬りにされた。

「うぬっ、くそっ」

血達磨になりながらも、駒蔵は仁王立ちになって、それでも震える手で十手を構えている。

お銀が不意に姿を現し、駒蔵に寄った。その手に握った匕首で駒蔵の背から刺し貫く。

「ぐわっ」

駒蔵がお銀を睨み、片手でその黒髪をつかんで引き寄せ、首に手を掛けて絞めつけた。

予想外の反撃にお銀は息が詰まって、形相(ぎょうそう)を変えて足掻(あが)く。

室賀はその光景を冷やかな目で見ている。

「この阿魔(あま)、やっぱりおめえはとんでもねえ女狐だったな。このくそ浪人とつるんでやがるのか」

「く、苦しい……ああ、そうさ、この人はあたしのいい人なんだ。大事な人なんだよ。あんたの馬鹿息子はあたしの作り話を丸々信じ込んで、猿廻しの女だと思ってるのさ。疑ぐることを知らない大馬鹿さね」

「ああっ」

駒蔵が突然叫んだ。

背後に廻った室賀が駒蔵の背から大刀を差し込んだのだ。切っ先が腹から突き出る。もはや活力も失せ、駒蔵はそのままずるずると崩れて、倒れ伏した。辺りは血の海だ。

室賀とお銀が見交わし合った。

「手こずったね、おまえさんらしくないいじゃないか」

「老いぼれをあなどっていたようだな。これほどしぶといとは思わなんだ。火事場の糞力(くそぢから)のようなものであろう」

「どうすんだい、女房と小伜どもは」

「柱を失ったのだ。もう手出しはすまい。案ずるな。あんな小者どもには何もできまい」

室賀がうながし、お銀と共に立ち去った。

表の瓦礫の山の陰に、一部始終を見聞きしていた多助がしゃがみ込んでいた。

多助は蒼白で震えが止まらず、身動きができない。その顔はこの世の終わりを見たような、非力な愚か者のそれだった。どん底に突き落とされ、腑抜けて泪さえ出なかった。

第四章　手翳し

一

震えが止まらず、多助はそれを懸命に怺えながら、消え入りたいような気持ちで縮こまっていた。

「この馬鹿たれが」

お鹿の罵声が飛び、幼い頃とおなじように多助は物差で打擲された。それは鞭のように容赦なく、躰の至る所を打ちまくった。

駒蔵の遺骸は検屍が済んで家に戻され、奥の間に安置されていた。血はきれいに洗い清め、駒蔵気に入りの小袖に着替えさせた。あっという間の駒蔵の変わりように、家族全員が奈落の底に突き落とされた。

最初に遺骸は自身番に運び込まれ、駆けつけたお鹿は遺骸に取り縋り、烈しく取り乱した。泣き叫び、狂ったように遺骸を揺さぶった。もうその時から多助は遺骸のそばに座していて、身も心も硬直させていた。

遅れて駆けつけた秀次は目をカッと熱くさせ、「何があったんだ」と多助に怒鳴って詰め寄り、襟首をつかんで表へ引きずり出し、あったことをありのまま言えと迫った。だが多助はろくな説明ができず、「みんなおいらのせいなんだ」と繰り返すばかりなので、その煮え切らない態度に秀次はわれを失い、感情を爆発させて多助を殴打しまくった。多助は足腰の立たぬほど痛めつけられ、血まみれになった。おぶんが止めに入らなかったら、殺されていたかも知れなかった。父親の死が受け入れられず、秀次は逆上したのだ。

やがて遺骸が家に戻って来ると、多助はお鹿と秀次に囲まれ、火のような目で睨まれ、起こったことのすべてを白状させられた。

怯えた顔で、多助は訥々と経緯を語った。それが済み、お鹿も秀次も何も言わないでいると、おぶんが黙って酒を運んで来た。二人は徳利の冷や酒をなみなみと湯呑みに注いで立て続けに飲んだ。それだけが一抹の救いかと思われた。酒はたちまちなくなって、おぶんはすぐに台所へ走って代りを持って来た。

そうしておぶんは余計なことは一切言わず、末席に控えた。

「繰り返すよ、スケ」

お鹿の喉の奥から重々しい声が発せられ、多助は何も言わずに顔だけ上げた。おのれの仕出かしたことは万死に値すると思っているから、今さらその目が悔恨の情に揺れることはなかった。土壇場に座した死罪人の気持ちになっている。たとえお鹿から親子の縁を切ると言われても、やむなしと覚悟していた。

「おまえはお銀て女にたぶらかされて、お父っつぁんをあの世へ連れて行く道先案内を務めた。そういうこったね」

多助はこくっとうなずき、

「みんな作り話だった。猿廻しの女だったたって話も、おいらを信用させるための真っ赤な嘘で、おれぁお父っつぁん殺しに加担したようなもんなんだ」

「おっ母さん、おれぁこんな奴とひとつ屋根の下にいるのはまっぴらだぜ。兄弟の縁を切りてえんだがな」

悲痛な声で、秀次が言った。

お鹿は黙っている。

「おまえさんの気持ちはよくわかるよ」

おぶんが言いだし、

「でも突き放すのは簡単だけど、それでいいの？」

「何を言いてえ。こいつは取り返しのつかねえことをしちまったんだぜ。今まで通りにつき合えったって無理だろう。おれにゃできねえよ」

「仕方ないじゃない、騙（だま）されちまったんだから。それにお父っつぁんはもう戻らないわ」

「おめえ、よくそんなことが言えるな。おれンなかじゃお父っつぁんはまだ死んでねえんだ」

「死んだのよ、亡くなったのよ、お父っつぁんは。それは受け入れなくちゃいけないの、おまえさん、わかって頂戴」

「おぶん、おめえ……」

後の言葉は呑み込んだ。秀次にも気持ちの整理がつかないのだ。

「おっ母さん、ずっと見てきてるけど多助さんの性根（しょうね）は悪くないわ。生まれつきこういう人なんですよ。人を真底疑ることができないから騙されたんです。ここで見放したらあんまりだわ。このままじゃ多助さんの立つ瀬がないし、お父っつぁんだってそんなこと希（のぞ）んでないと思いますけど」

おぶんの言葉に対し、お鹿はすぐには答えずに沈黙している。荒々しい感情もひとしきり収まったようで、悲嘆は内に押込め、次に取るべき手立てを考えている風情だ。

「おぶんや」

「はい」

「有難う」

「あ、いえ……すみません、差し出たことを言って」

「秀次、多助とは縁を切ろう」

そう言われると秀次はまごつき、うろたえて言い返せなくなった。さっきのはあくまで言葉の綾で、本心から多助と絶縁しようとは思っていなかったのだ。

だが多助の方に動揺はなく、静かな顔でうつむいている。異論を唱えられる立場ではなかった。

「けどスケや、縁切りはそのままずっとってつもりはないよ。戻っておいで」

多助は混乱して、

「えっ、おっ母さん、何を言ってるんだ。意味がよく……」

「仇を探してくるんだ。手掛かりをつかむまではこの家の敷居は跨がせない。どっかよそでお暮らし」

お鹿は帯の間に挟んだ財布を取り出し、そこから小判一枚を抜き出して多助に放った。

多助はその一両を凝視する。

「ここでおまえが男になるかならないか、瀬戸際ってところだね」

お鹿のその言葉は、多助の胸の底にズシンと重く響いた。

二

翌朝、多助は着替えや私物を入れた風呂敷包み一つを抱え、悄然と家を出た。

昨夜ひと晩だけはお鹿が許してくれ、いつもの自室で寝た。一睡もできなかった。

秀次とおぶんは椿長屋へ帰り、家にはお鹿と多助だけだったが、お鹿からはもう話はなく、言葉を交わすことはなかった。いや、お鹿は努めてそうしていたのだが。

だからおぶんが朝飯の支度に来る前に、多助は家を出たのだ。いつもは山盛りの朝飯を食らうところだが、空腹は感じなかった。駒蔵一家の団欒はこの世から泡のように消えてなくなり、それはもう永遠に戻ってこないのだ。すべては悪婆（悪女）にひっかかった自分のせいだと思うと、多助は近くの海へ身を投げたい衝動に駆られた。

しかし自死する勇気もなく、お鹿の情けに縋って、お銀を見つけ出すことしか生きる術はないのである。

入船町を歩いていると、駒蔵の惨事は知れ渡っていたから、町内の人たちが同情を寄せてくれて口々に悔やみを言われた。それに言葉少なに答え、多助は逃げるように道を急いだ。早く町内を出たかった。

木場には大量の材木が浮かび並んでいて、それらを見渡す寂しい所に立ってホッとし、手近の材木に腰掛けてこれから先のことを考えた。だがさしたる考えは浮かばなかった。ともかく自分がやることは、お銀をつかまえることしかないのだ。あれこれ思案しているうちに眠気が襲ってきて、材木に横になって寝た。

どれだけ寝たか知れないが、揺さぶられて跳ね起きると、そこに秀次が立っていた。とっさにまた殴られると思い、多助は身構えるようにして立ち上がった。だが秀次は昨日と違い、いつもの兄貴に戻っていた。

「ここいらでよく遊んだよな」

汐風に吹かれて遠くの海を見やりながら、秀次が言う。寝ていたことを咎めるつもりはないらしい。

多助はなんと答えていいかわからず、口のなかでもごもごと「うん、そうだね」と言った。

「ガキの頃からおめえは弱虫だった。泣いてばかりいやがった。あの頃からおれぁ情けねえ弟だと思っていたぜ」

多助はひ弱な微苦笑を浮かべ、

「兄さんは強いよ」

「そう思うか」

「そうだよ。おれをいじめる奴らをみんな叩きのめしてくれたから、手を出す奴はいなくなった。だからおれぁ兄さんを……」

「なんだ」

「い、いや、いいよ」

多助は口籠(くちご)もる。

「言えよ、この野郎」

「兄さんのことは誇りにしていたんだ。今思えば、兄さんの虎(とら)の威(い)を借りる時もあった」

秀次がふっと薄く笑って、

「まっ、今までは兄弟の間のことでよ、それでよかったかも知れねえが、今度ばかりはそうもゆかねえだろう」

「わかってるよ」

「今朝家を出る時、おっ母さんに何か言われたか」

「いや、何も。もうおいらは見放されたんだよ、きっとそうだ」

「そうじゃねえだろう。早く戻って来るようにおめえの背中に拝(おが)んでいたに違えねえ。おっ母さんはそういう人だよ」

多助は答えにためらう。

「この野郎、おっ母さんのことがわかってねえようだな」

秀次が拳(こぶし)を握りしめ、多助は慌てる。

「わかってるよ、わかってるったら」

「いいか、多助。お銀さえつかまえりゃ戻ってもいいと、おっ母さんは言ってくれた。逆に言やあ、つかまえられなきゃいつまで経っても戻ってこれねえってこった。おめえのことを誰よりも案じてるのはおっ母さんなんだぞ。しっかりしてくれよ」

多助はうつむいたまままこくっとうなずく。

「お銀の手掛かりはあるのか」

「昨日は話さなかったけど、お銀の家を知ってるんだ。本当の家かどうか知らないけど」

「なんだと」

「その家に団七の猿と一緒にいたから、あっさり騙されたんだ」

「そいつぁ団七の猿じゃねえかも知れねえ」

「うん、浅草の方に生き物を貸す家があるそうだ。おいらを騙すためにそこから借りたんじゃねえかな」

「おめえ、そんなことよく知ってんな。おれぁ初耳だぜ」

「ちょこまかいろんな所ほっつき歩いてっから」

「お銀の家に一緒に行ってやろうか」

「それはいい、これ以上おいらを甘やかしちゃいけないよ、兄さん。自分で行くからさ」

弱虫が精一杯の目で言った。

「利いた風なことぬかすじゃねえか。よし、わかった。いいな、もう騙されるんじゃねえぞ」

「悪い女には二度と心は開かないよ」

「ちょいと聞くがよ、おめえ、お銀とは一つ布団にへえったのか」

多助は俄に顔を赤らめ、狼狽する。

「あ、いやあ、どうかな」

「この野郎、はっきりしろい」

「うん、ああ、まあな」

「…………」

「すまねえ」

「なんで謝るんだ」

「お銀がいい女だったから」

「だからなんでえ、うらやましいなんて思わねえぞ、馬鹿野郎」

秀次が多助の頭を小突いた。

「そうだね、兄さんにゃおぶんさんがいるものね。あの人は本当に心根のいい人だ。こういう時だからこそ、人の値打ちがわかるんだよ」

「おぶんの話はいい。多助、おっ母さんも言ってたが、ここは一番男になる時なんだぞ」

「肝に銘じたよ」

「おめえ、とむれえにゃ来るなよ」

「後で墓参りに行くつもりだ。とむれえに顔を出せた義理じゃねえよな」

「当たりめえだ」

「ほ、本当は……」

「本当はなんだ」

「いや、いいんだ」

「お父っつぁんのこと、すまねえと思ってるか」

「………」

「おい、どうなんだ」

　多助はしゃがみ込み、風呂敷包みで顔を覆(おお)って、くっくっくと嗚咽(おえつ)を始めた。それまで怺えていたものが一気に堰(せき)を切ったようで、全身を震わせ、身も世もない風情で泣きじゃくった。それはこの世で一番悲しい、親不孝な伜(せがれ)の姿だった。

　その様子を凝然(ぎょうぜん)と見ていて、それ以上は何も言わず、秀次は肩を尖(とが)らせて立ち去った。

　泣き虫男の嗚咽は止まらなかった。

三

駒蔵の通夜は菩提寺で執り行われ、お鹿、秀次、おぶんは式の支度に忙殺された。むろん、多助の姿はない。

駒蔵とお鹿の遠い親類や、おぶんの親兄弟たちが手伝ってくれ、さらに入船町の肝煎、町役、鳶の衆らも参加し、万端遺漏なきように取り計らってくれた。

駒蔵を失った喪失感は日に日に増し、お鹿を虚脱させ、気丈にふるまうことができず、おぶんが配慮して時に庫裡で休ませた。

そうしている間にも、弔問客は引きも切らず、おぶんは気張ってお鹿の代理を務めた。多助の不在を問われるも、さすがにおぶんは答えられずにしどろもどろとなった。他人に詳細を明かすわけにはゆかないのだ。

しかし坊主の読経に不在は叶わないから、お鹿はやつれた顔を一同の前に見せて、言葉少なに弔問の礼を述べた。飯、料理、酒がふるまわれ、弔問客を慰めた。

夜も遅くなる頃、大変な客があり、お鹿は休んでいられなくなった。

それは南町奉行所吟味方与力岡島小金吾、吟味方同心前原伊助、定廻り同心江守忠左衛門であった。おまけに駒蔵と親交のあった同心数人、他町の親分たちも一緒だったので、十数人というちょっとした数になった。そのものものしさに、弔問客たちは恐れおののいた。

町場の一岡っ引き風情のとむらいに、奉行所の与力まで来ることは非常に珍しく、駒蔵の遺徳を偲ばせた。

一室にて、お鹿は岡島、前原、江守の前に畏まり、深々と叩頭した。秀次は別室で他の同心、親分衆の対応に当たった。

岡島はお鹿の儀礼を受けた後、

「さても、お鹿」

「はい」

「駒蔵所持の十手の件だが」

と言って、岡島はおもむろに口を切り、

「十手は返上せずともよいぞ」

予想外のことを言われ、お鹿はまごつく。

「十手をお返ししないとの仰せでございますか」

「左様」

「どういうことでございましょう。亭主は死んだんでございますよ。あたくしが十手を預かっていても……」

「少なくも亭主殺しの下手人、すなわちこの一件のかたがつくまで、おまえが持っているがよい。いや、持っているだけでなく、十手持ちとして働いてくれて構わん」

「あたくしに亭主の代りをやれと？」

「う、うむ、まだはっきりそうと決めたわけではないが、この件を他者に委ねるのはおまえも忍びなかろう。それよりみずから探索に動いてみたらどうだ」

「そ、それは……」

考えてもいなかったので、お鹿は返答に詰まった。十手は返上し、お鹿はこの先後家として暮らして行くしかないと思っていた。跡目はすでに秀次が継いでいるのだから、まさか自分が下手人追捕の先頭に立つとは予想もしていなかったのだ。

「少し考えさして頂けませんか」

お鹿の言葉を、岡島は言下に却下した。

「考えている暇はない。この場で返答致せ。これは衆議一決したことなのだぞ」

そう言って岡島が視線を流すと、前原と江守は共にうなずいて、

「駒蔵の代りに下手人をひっ捕えるのだ、お鹿」

前原が言えば、江守も膝を進め、

「お鹿、おまえには類稀なる捕物の才覚がある」

「お待ち下さい、それはちょっと買い被りでございますよ、江守様」

「いいや、駒蔵から聞いたばかりでなく、わしの目から見ても間違いのないことだ。捕物に関してのおまえの慧眼には恐るべきものがある。そこいらのぼんくらの御用聞きよりずっと上なのだ。そのおまえの腕をこのまま眠らせておくのは惜しい。われらで合議した。やらねばならんのだ、お鹿」

お鹿が黙っていると、前原が叱責でもするかのように、

「いつまでも悲しみに沈んでいてもどうにもならん。お鹿、亭主の仇討を致せ。南町が総力を挙げて支援致すぞ」

「仇討……」

お鹿がつぶやいた。

岡島は得たりとなってうなずくや、

「武士ではないのだから白刃は使わせぬぞ。おまえの仇討は、下手人に縄を打つことなのだ」

「…………」

押し黙っていたお鹿がやがて決意の目を上げ、無言で三人を見廻した。腹を据えた、女とも思えぬ剛直な顔がそこにあった。

お鹿の眼光に、三人は圧倒された。

四

深川寺町に近いお銀の仕舞屋に張りつき、二日が経った。

近所はおなじような家々が並んでいて、寺町ゆえ、見張りに都合よく身を隠せる小店や食い物屋などはなかった。

そこで多助は一計を案じ、火の見櫓に陣取ることにした。そこからならお銀の家は丸見えなのだ。

自身番には江守の花押入りの手札を見せて信用して貰い、許可を取った上での行動で、誰にも不審は持たれなかった。

昨日はまずお銀の在否を窺ったが、しんと静まり返っているので不在と見込みをつけ、恐る恐る家のなかへ忍び込んだ。家財や生活の道具はそのままだから、もしや戻って来るのではと希みを持った。騙しの小道具として使われた猿はやはりいなかった。

その夜は町内にある安宿に泊まった。お鹿から貰った金はそっくり使わずにあるが、節約することにしている。家に戻れる日がいつなのか、わからないからだ。

近所中でお銀のことを聞いて廻ったが、その家に住む女についてあまり知っている人はいなかった。遊び好きそうな若い衆にも聞くと、お銀が町内を歩く姿は何度も見かけたが、鼻もひっかけて貰えなかったという。

仕舞屋の持ち主を自身番で調べて貰うと、借家であることがわかった。そこで本所入江町に住む大家にお銀のことを聞きに行った。

大家がお銀と顔を合わせたのは一年前に家を借りた時だけで、その時は渡り髪結をしているという触れ込みだった。嘘に決まっていた。平然と駒蔵を刺し殺すお銀が、まともな生業など持つ女ではないはずだった。

大家の家は乾物問屋で、月に一度手代が集金に来て、お銀は遅滞することなく店賃を払っていたという。後ろ暗いことをして世間をたばかり、生きていたのだ。

火の見櫓から見下ろしていると、家々から煮炊きの煙が上がり、女子供の笑い声が聞こえ、平和な町の光景が広がっていた。

「あぁっ……」

多助の口からやるせないような溜息が漏れた。父親の惨劇が嘘のように思えたのだ。

それだけに、お銀を見つけ出す執念が、この愚図な男の胸にも沸々と突き上げてきた。

多助の情念のなかには、置神様、手翳し、風唖坊、室賀左膳などという名が渦巻いている。

腹の内で何度も「くそっ、くそっ」と吼え立てた。

「よっ、若え人」

下から声が掛かり、多助が見やると、自身番の番人をやっている若い衆が、握り飯の包みと茶の入った竹筒を笑顔で掲げていた。自身番の人たちの厚意で、これで二度目だ。他人の親切が身に沁みる。

「腹減るだろ、食いねえ」

「あっ、すまねえです」

梯子段を途中まで下りて、番人にぺこぺこ頭を下げて竹筒と包みを受け取り、また元の場所へ戻った。

包みには握り飯が三個も入っていて、多助は貪り食い、茶を飲んだ。飲み食いしながらも、目は仕舞屋から離さずにいる。

多助は本来岡っ引きには向かない体質で、張り詰めた気持ちを持ちつづけるのに耐えられず、腹が満ちると、秋の結構な日差しを浴びて少しまどろんでいた。気を弛めたかったのだ。

しかし場所が場所だけに、身動きした拍子に櫓から落ちそうになり、ハッとなって目覚めた。

とっさにお銀の家を見ると、丁度格子戸が開いて、ひと癖ありげな若い男が出て来たところだった。男がいつ家に入ったのかわからないが、多助が知らぬ間の出来事だったようだ。

男は堅気らしく作っているが、どこかやくざ臭がしてうさん臭い。それが手拭いに包んだものをふところにねじ込み、足早に歩きだした。お銀に言いつかり、私物でも取りに来たようだ。一味の使い走りではないのか。

多助は慌てて行動を起こし、梯子段を急ぎ下りて途中から跳んで着地し、男を追った。これで何かがつかめる。わが家へ戻る日もそう遠くないと思うと、嬉しくて泪が出そうになった。

（畜生、いってえ何者だ。どこ行きやがる。食らいついたら離さねえのが多助親分なんだぞ）

無理に勇み立つや、わが身に鞭打つようにして、多助はどこまでも男を追って行った。

五

とむらいは滞りなく済み、野辺送りも終えた。火屋（火葬場）で駒蔵に最期の訣れをした時、お鹿は三十年余に亘る夫婦の歳月が甦り、棺桶に取りついて号泣した。

しかし一夜が明け、お鹿は気丈にも立ち直っていた。いつまでも喪に服しているつもりはなく、お鹿の気持ちは前に向いていた。まだやつれは多少残っているが、その顔は毅然としたものに変わっていたのだ。

小机の上に置かれた骨壺に、お鹿、秀次、おぶんは神妙に頭を下げて、合掌していた。

それが済むと、お鹿は二人の方に膝頭を向け、袱紗に包まれた駒蔵の十手をそっと差し出した。

秀次とおぶんは改めてそれに見やる。

「おっ母さん、そいつはお父っつぁんの十手だよな。お奉行所にけえすんじゃねえのか」

　秀次が言った。

「それがね、返さなくてよくなったんだ」

「どういうこったい」

「これは形見分けみたいなものだけど、岡島様を始め、前原様、江守様のご下命であたしゃ駒蔵の跡目を継ぐことになった。断ってもよかったけど、旦那方に見込まれてね、そこまで言われたらとやる気になったのさ」

「それじゃおっ母さん、女親分の誕生ってことね。それは凄いわ。女岡っ引きなんてお江戸広しといえども、ほかにはいないわよ」

　おぶんは喜ぶ。

「まっ、けどさ、亭主のとむらい合戦が叶わなかったら、十手はお返しするつもりでいるよ」

「そ、そりゃそうかも知れねえが、おっ母さんにゃ岡っ引きが合ってるんじゃねえか。お父っつぁんから受け継いだものだって沢山（たくさん）あるはずだ」

　秀次の言葉に、お鹿はうなずき、

「捕物の知恵と技、棒術も教わった。そこいらのごろつきぐらいなら、六尺棒で叩きのめしてみせるよ。それに、それだけじゃない」

「後はなんだい」

「心だよ、岡っ引きの。恰好つけるわけじゃないけど、やはり世のため人のためってえ役目を忘れちゃならない。そう教わったんだ。それを貫いたから、駒蔵は立派な岡っ引きだったのさ」

「違えねえ、おいらも見倣(みなら)うぜ」

「おまえは筋がいい、さすがお父っつぁんの子だ」

「あの、おっ母さん、ついでと言っちゃなんですけど」

おぶんがオズオズと言いだした。

「なんだい」

「あたしは多助さんに一人前になって欲しいわ。あの人だって鍛(きた)えればものになるんじゃありませんか」

お鹿は黙り込む。多助を思ってくれる嫁の心情が嬉しかった。義理とは思えなかった。

「駄目かしら、おっ母さん」

気を揉むようにおぶんが言った。

「あいつ次第だね。一人前になる手助けなんて、この道ばかりはできないよ」

口では厳しい言い方をした。

秀次はおぶんと見交わし、

「う、うん、そうだな、その通りだぜ、おぶん」

「そっかあ」

秀次はお鹿に、木場で多助に会った話をするつもりはなかった。

「それじゃ初陣と行くよ、秀次」

「へい、親分にしたがいやすぜ」

少しおどけて秀次が言った。

二人は期せずして同時に立ち上がり、

「差し当たっておっ母さん、今日はどこへ」

「決まってるだろ、佐賀町さ。手分けして聞込みをするんだ」

「合点承知」

玄関の所で、おぶんが「待っとくれ」と言い、二人の背に向かって火打ち石で無事を祈って切り火をした。勢いよく火花が爆ぜる。

お鹿も秀次も、これが本当の初陣のような気がしてきた。

六

ひと癖ありげな男は多助につけられているとも知らず、永代橋の上で立ち止まり、人を探す目で辺りを見廻した。男の名は喜八という。

永代橋の上は、今日も人の往来でひっきりなしだ。

それを恰好の隠れ蓑にし、多助は距離を取って喜八から目を離さないでいる。

やがてお銀がこっちに背を向け、橋の欄干に凭れているのを見つけ、喜八が寄って行った。

「姐さん、こいつでがんすね」

喜八が手拭いに包んだものを取り出すと、お銀は手を伸ばして銀の平打ちのかんざしを抜き取り、「有難うよ」と言ってすぐに自分の髪に挿した。

こういう人混みでは、立ち止まって見ているとたちまち勘づかれるから、人の流れに乗れと駒蔵に教えられていた。それで多助は人の流れに沿って、ゆっくりと行ったり来たりをやって、お銀と喜八を見ていた。だが話の内容まではわからない。

お銀の姿を見た時は、多助のようなおとなしい気性の男でさえ、殺してやりたい衝動に駆られた。

「そのかんざし、なんぞ曰くでもあるんでがすかい」

喜八が話しかけると、お銀はつれない返事で、

「おまえさんの知ったこっちゃないだろう」

木で鼻を括った言い方をし、

「それより誰にも見られなかったろうね」

「へえ、ごしんぺえにゃ。役人の目を気にしておりやしたが、誰にも。あそこにゃもう戻らねえんですか」

「ああ、ちょいと戻れないわけがあってね」

お銀は帯の間に挟んだ小判一枚を喜八に手渡し、

「約束のもんだよ」

「頂戴しやす」

「猿はどうしてる」

「元気にやっておりやさ。またなんぞ御用があったら言って下せえ。あっしゃ子を貸し屋ですが、猿ばかりじゃなく、ほかに犬でも猫でも、いろんな生き物をお貸し致しやす。鸚鵡もいますぜ」

喜八はみなし子を引取って育て、事情のある人に子を貸す稼業をやっている。事情というのはまちまちだが、たとえば旦那に愛想を尽かされり、疎遠になった囲い者などが、気を引くために隠し子がいたと騒ぎ立て、旦那から金をぶん取る時などに喜八の所を利用するのだ。むろん裏稼業だから、役人に知れたら手は後ろに廻る。

お銀は鼻で嗤って、

「それだけじゃないだろ、おまえさんは人の弱みにもつけ込んで、強請もやってるってえじゃないか」

「内緒ですぜ。姐さんにゃ昔の恩義に応えて言うことを聞いたんですから」

「昔の恩義たって、あたしゃ大したことはしてないよ。野天の博奕であんたのいかさまがバレて、殺されそうになったとこを助けてやっただけじゃないか」

「そういうことはなかなかできるこっちゃねえですよ。姐さんはてえしたお人なんだ。それじゃ、これで」

喜八が人混みに消え去り、お銀も一方へ歩きだした。

多助は喜八を追わずに、お銀の尾行を始めた。雑踏なのに、緊張のあまりに息まで殺していた。

日は西に傾きかけていた。

大川の河岸沿い、佐賀町を足早に進み、上ノ橋を右に曲がってお銀は仙台堀を行く。やがて伊達家藩邸の隣りにある小屋敷の前で歩を止めた。辺りを用心深く見廻していたが、小屋敷の裏手へ向かい、裏門のなかへお銀の姿は消えた。

そこまで尾行して来た多助は、小屋敷をうろんげに見上げ、ピンとくるものがあった。

(置神様の屋敷とはこのことじゃねえのか)

お鹿や秀次の口から出ていた屋敷のことだと、すぐに察しをつけた。

しかし尾行も探索もここまでだった。そこから先は踏み入ることはできない。そんな勇気はない。ならば徹底的にお銀に張りついてやろうと思い、すぐには出て来ないと踏み、多助は腹拵(はらごしら)えをしようといずこへか立ち去った。

それと入れ違うようにして、秀次が現れ、小屋敷の周りをうろつき始めた。邸内からは人声や物音は一切聞こえてこない。

(ツたくよう、本当にお化け屋敷だぜ)

腹の内でぶつくさ言いながら、秀次もまたどこかへ行ってしまった。

夜の帷(とばり)が下りてきた。

七

置神様の屋敷の離れに、室賀左膳は陰の用心棒として住んでいた。

そこは八帖一間きりで、竈、土間、台所もついているが、室賀がここで煮炊きをするわけではなく、飲食は母屋から支給された。常として、上等の酒に美味なる食い物も与えられ、破格の知遇を得ている。知遇といえば学識や人格を認められ、厚く待遇されることだが、室賀はあくまで無類の剣の腕を買われたことが理由だ。

暗くなっているのに火も灯さず、室賀は怠惰に万年床に身を横たえていた。その目は何を考えているのか計り知れず、茫漠とした幽冥の彼方でも見ているようだ。これまで何十人という人の命を奪ってきているから、それらの怨霊が取り憑いてでもいるかのようだ。

庭先からお銀が姿を見せ、縁側から上がって座敷へ入って来た。

「なんだね、おまえさん、灯りぐらいつけりゃいいのに。真っ暗じゃないか」

お銀が火打ちを擦って行燈に火を入れた。

ぼうっと火が灯ると、凄味を増した室賀の顔が照らしだされた。

室賀は無言でお銀を見ていて、いきなり腕をつかんで夜具に引っ張り込んだ。

「あっ」

お銀はしどけなく、室賀に組み敷かれる。

すると室賀の手が伸びて、お銀の髪から銀の平打ちのかんざしを抜き取った。

「見馴れぬものだな」

「あ、それは。返しとくれ」

お銀が取ろうとするのを、室賀は邪険にはねつけ、

「どういういわれのものだ。誰に貰った」

「昔の男よ」

「いつ頃の話だ」

「おまえさんと出会うずっと前よ」

「大事な品なのか」

「思い出がいっぱい詰まってるのさ。これだけは後生大事なんだ」

「気に入らんな」

冷静沈着な男に似ず、目に嫉妬の炎が燃えている。

お銀は取り返すのを諦め、ふてくされたようにして室賀に身を委ね、

「妬いてるのかい」

室賀は答えない。

「いつも能面みたいな顔して生きてるおまえさんとは思えないじゃないか。へええ、このあたしに焼き餅焼くなんて驚きだねえ。嬉しいよ。何考えてるのかわからない男だと思ってたけど、そうでもないんだ。そんなにあたしのことが好きかえ」

「……………」

「どうなのさ、返事おしよ」

「どんな男だ」

「えっ」

「かんざしをくれた男だ。惚れていたのか」

「向こうがね」

「今はどうしている」

「死んだよ、あたしの身代りンなって。躰中切り刻まれて、そりゃひどいもんだったよ」

お銀は室賀の腕からすり抜け、台所へ行って徳利と手付盃を持って来ると、勝手に自分で注ぎ、ぐいっと酒を飲む。そこでとろりとした目を流し、

「あんた、いつまでここにいるのさ」

「お払い箱になるまでだ」

「そうはならないだろう。風啞坊様はおまえさんのことがお気に入りみたいじゃないか」

　室賀は何も言わない。

「ねっ、聞かせとくれよ。あたしゃ一度しか見たことないけど、あの風啞坊って人はなんなんだい。どういう人なのさ。風啞坊って名前はあんたから教えられたんだ」

「知らんな」

「知らない？　知らなくてよく世話ンなってるね。あたしゃあの人は気味が悪くってしょうがないよ。だってまともに顔も見せないんだよ。いつも頭巾を被ってるけど、あんたには拝ませるのかい」

「詮索は無用に致せ」

「それにこの屋敷はからくり屋敷だね。幾つも部屋があって、いつも静かだから人が少ないのかと思っていたら、この前来た時は驚いたね。大勢の人がどこからかぞろぞろと出て来て、帰って行ったんだ。みんなそこそこのお店の主みたいな人ばかりで、あの連中は何しに来たんだい。どう見たって金持ちの集まりだよ。そうかと思うとまた別の日には、裏長屋の貧乏人がいっぱいやって来た。金持ちの日と貧乏人の日と分けてるのかえ。貧乏人の一人を追いかけて外で聞いてみたら、ここのことはあまり言っちゃならないことになっているらしい。それもおかしな話じゃないか。悪いことでもやってるみたいだ。客を迎えたり見送りしているのも妙な男たちで、とてもまともじゃなかった。ふン、そういうあたしも人のことは言えないんだけどさ。ねっ、聞かせとくれな、知りたいんだよ」

「知ってどうする」

「素性（すじょう）がわかりゃ納得するさね。それだけの話だ」

「首を突っ込むな」

室賀の返答はにべもない。

「あんたっていつもそうなんだから。ああ、もう嫌だ嫌だ、こんな所にいたくないよね」

身繕（みづくろ）いをしてお銀が行きかかると、再び室賀の手が伸びてお銀を強引に引き寄せ、押し倒した。手早く帯を解き、着物を脱がせ、襦袢（じゅばん）を剝（は）いでお銀を湯文字（ゆもじ）だけの姿にし、身を重ねた。

お銀が「あっ」と声を上げるも、乳房を揉みしだかれると、成熟した女はもう官能の啜り泣きを始めた。

八

お鹿は持参の提灯に火を入れ、深川清住町界隈を流していたが、何かを耳にしてふっと立ち止まった。

長屋が何棟か建ち並んでいて、どこかの家から「南無阿弥陀仏」と唱える女の声が聞こえたのだ。その声に聞き覚えがあった。戻って家を探し、油障子の前に立った。家のなかでは一心不乱に念仏を唱えている。間違いなかった。

置神様の屋敷でつかまえた不審な老婆である。杖を突いて腰の曲がった老婆が屋敷へ入って行き、出て来た時は背筋をまっすぐにしてすたすたと歩いていた。あの時やり合ったから声は覚えていた。

お鹿は思い切って油障子を開けた。

仏壇に向かって拝んでいた老婆がお鹿を見て、目を慌てさせた。

「おまえさん、近くだったんだね」

「な、なんだい、人の家に押入って。図々しいにもほどがあるよ」

「おまえさんから話を聞きたいんだ」

老婆の一人暮らしだと思うから、お鹿は警戒を解き、油障子を閉め切って上がり框(かまち)に掛けた。

「この間とおなじことを聞くよ。おまえさんはあの時、屋敷へ入る前は腰が曲がっていたのに、出て来る時はしゃんとしていた。どうしてなのさ。そのわけを説明しとくれな」

「何を言ってるんだい。よそ者が人のことを詮索するんじゃないよ。大概(たいがい)にしないと人を呼ぶよ」

言い募る老婆を、お鹿は無視して、

「あの屋敷にはなんの用で行ったのさ」

「そんなことおまえさんに明かす必要はないだろう。いったいどこのどなた様なんだい」

お鹿がおもむろに十手を取り出し、老婆に見せた。

とたんに老婆は青くなって取り乱す。

「あ、あたしはお上(かみ)のお咎めを受けるようなことは何もしてないよ。あたしがどんな罪を犯したってんだい」

居丈高(いたけだか)にがなりたてた。

「あんた、名前は」

老婆はふてくされてプイと横を向く。

「名前を聞いてるんだよ」

「民(たみ)」

「お民さん、家族は」

「見りゃわかるだろ、一人暮らしさ」

「ここじゃなんだから、ちょっと自身番まで一緒に来て貰おうか」

お鹿が言うと、お民は嫌悪の顔になり、

「嫌だ、嫌だよ、詮議(せんぎ)を受けるなんてまっぴらだ。自身番なんぞにゃ行くものか」

その時、表から声が掛かった。

「ああ、行く必要はねえぜ」

お鹿がふり向くと、油障子を開けて入って来たのは、霊雲院の寺男弥兵衛であった。

お鹿が驚く。

「おまえさんがなんだってここへ」

「あんたとはいっぺえ酌(く)み交(か)わした仲だってのによ、言い難いんだがこの婆さんをしよっ引くなやめて貰えねえか」

「しょっ引くなんて言ってないよ。でもどうしてさ」

「おめえさんのことは風の噂で聞いたぜ。ご亭主を亡くされて気の毒だったな。それで今は何かい、旦那の代りをやってるのか」

「ああ、そうさ」

お鹿はまた十手を見せて、

「お上から正式に御用を仰せつかったんだ。だから不審があるとおおっぴらに調べることができるのさ」

弥兵衛は十手を前にやや怖れを見せて、

「この婆さんになんの嫌疑なんだ」

「おまえさんとこの人との関係は？　それを聞こうじゃないか」

「わかった、それじゃちょっと表へ」

弥兵衛にうながされてお鹿は家を出ると、長屋の木戸の所で立ち話となった。

「さあ、聞こうか」

お鹿は十手をしまい、腕組みをして弥兵衛に相対した。

「お民はそのう、おれの姉なんだ」

弥兵衛がバツの悪いような顔で告白する。

「ええっ、そうだったのかい」

「姉弟揃っていろいろとわけありでな、揚句(あげく)の果てにこうして二人だけになっちまった。おれにとっちゃこの世にたった一人の身内なんだよ」

「伊達様の隣りにある屋敷を知ってるかえ」

「あ、ああ」

弥兵衛は曖昧(あいまい)にうなずく。

「妙な屋敷で何かときな臭いと思っている。そこにお民さんは出入りしてるんだよ。屋敷とどんな関わりがあるのか、それを聞こうとしてたんだ」

「マズいな、そいつぁ」

「何がマズいんだい。あんたも何か知ってるのかい」

「い、いや、知らねえ、何も知らねえよ」

弥兵衛の態度にはどこか怯えのようなものが見える。

「本当のことをお言いな。その顔は何も知らないって顔じゃないよ」

弥兵衛は不意にお鹿に向かって拝(おが)み、

「すまねえ、見逃してくれねえか。と言っても、悪いことをしてるって意味じゃねえぜ。あのお屋敷の話はしねえことにしてるのさ」

「なぜさ」

「わかってくれよ、事情があるんだ」

「どんな」

「ともかく言えねえったら言えねえんだ。勘弁してくんな」

弥兵衛はお鹿に頭を下げ、お民の家に逃げ込んでしまった。厳重に心張棒(しんばりぼう)をかう音がする。

それ以上追うのをやめ、お鹿は得心がゆかぬままに長屋の路地を出た。すると家のなかから弥兵衛とお民の言い合うような声が聞こえてきて、お鹿は思わず戻って聞き耳を立てた。

「姉さん、もうあんな屋敷と関わりを持つんじゃねえ。痛くもねえ腹探られてどうする」

「あたしゃ疚(やま)しいことはしてないよ。ちょっとした銭稼ぎをやってるだけじゃないか。それのどこが悪いんだい。おまえにとやかく言われる筋合はないだろ」

（銭稼ぎ……腰の曲がったふりをして銭稼ぎってかい）

やはりお民はあの屋敷のなんらかの偽装工作に加担しているのだ。まっとうなことではないと思った。

それきり姉弟の声は聞こえなくなった。

二人への追及をやめ、お鹿はその場を離れた。疑惑は以前より彌増(いやま)した。

九

高い木の上に群れて囀(さえず)っていた雀(すずめ)たちが、すぐそばで人が動いたので驚き、一斉に飛び立った。

人というのは多助のことで、捕縄(とりなわ)でみずからの躰を落ちないように枝に縛りつけ、木の上で一夜を明かし、たった今、目覚めたところなのだ。

その木は置神様屋敷の裏門が見える所にあり、多助は火の見櫓の時とおなじように木の上に登ってお銀を見張っていたのだが、眠気を催(もよお)してきてみずからを枝に縛り、明け方に眠ってしまった。

だからお銀がすでに立ち去ったのか、屋敷に泊まったのかはわからない。

そのうち付近の武家奉公人の男女五、六人が竹箒(たけぼうき)を手に現れ、おのおの門前を掃き清め始めた。すると一人が木の上の多助に気づいて「なんであんな所に人がいるんだ」と言って指さし、皆で木の下にざわざわと集まって来た。

「おい、若え人、何やってるんだ」とか「まさか盗っ人じゃあるめえな」などと口々に騒ぎ立てるので、多助は困り果てて「違いますよ」と言っておき、捕縄を外してふところにねじ込み、慌てて下りて来た。

多助は「お静かに」と言って奉公人たちをなだめ、江守の手札を見せて信用させ、御用の筋なんだと言い、虚勢を張ってみせた。

それで奉公人たちは騒がなくなったが、中間の一人が訝って「どこの屋敷を見張ってるんだね」と聞くから、多助はやむなく置神様屋敷を指した。

すると奉公人たちは揃って口を噤み、散らばって掃除に戻った。その様子が不自然なので、多助は女中の一人に寄って話しかけた。

「あの屋敷のこと、知ってるのかい」

「おまえさん、十手を持ってないから下っ引きなのね。どうしてあのお屋敷を見張ってるの」

にきび面の女中が問い返してきた。

「怪しいからよ」

「どこが怪しいの」

「わかってんだろう、あんた」

女中は暫し沈黙の後、声を落として、

「あのお屋敷には時々お寺社方のお武家方が来たりして、誰も近づかないようにしているの。うちのお殿様からも、面倒だから近づかないように言われてるわ」

「変だと思わねえのか、あの屋敷」

「何日か置きに、大店の旦那衆みたいな人たちが大勢集まって来るわね。別の日にはどっかの長屋の人たちもいる。でもなかで何をしているのかは知らないわ。周りに迷惑をかけてるわけじゃないから、みんな黙ってるのよ」

「屋敷の主を見たことはあるかな」

「ないわ、一度も」

「奉公人はどうだい」

「それらしい男衆や女中さんが出入りしているのは見るけど、こっちとは挨拶なしね。あのお屋敷で何かあったの？」

「さあ、そいつぁおいらにも……」

言葉を濁しておいた。

その時、置神様屋敷の裏門の開く音がし、多助はハッとなってとっさに木の陰に身を隠した。

お銀が出て来て、掃除をしている奉公人たちの方を気にしながら、足早に立ち去って行った。昨夜は泊まったのだ。

女中に礼を言い、多助は尻端折りしてお銀を追った。

（女狐め、今度こそとっ捕まえてやるぞ）

闘魂を漲らせた。

そのお銀と多助の姿を、やって来た室賀左膳が遠くから見ていた。

十

お鹿は南茅場町の大番屋へ呼び出され、吟味方同心前原伊助、定廻り同心江守忠左衛門と会っていた。

余人は近づけさせず、対座した三人のいる八帖間からは、役所ゆえの殺風景な庭が見えている。

まずは江守が口火を切り、

「陸奥仙台藩伊達家の隣り、深川清住町にお鹿、おまえの申し立てた怪しの屋敷は確かにある。こっちでも調べをつづけていたが、これがなんとも面妖(めんよう)であるのう」

「そうなんです。屋敷の件に関しちゃ、死んだうちの人とあらかたのことは。元々の建主は大伝馬町一丁目の木綿問屋嶋屋宗兵衛という人でした。伜夫婦のために新築をしたところが、嫁の方が急に亡くなって、宙に浮いた屋敷を人に貸すことになったんです」

　お鹿の言葉を受け、江守がさらに言う。

「その通りなのだが、われらの方の調べで新たに判明したことがある」

「へえ、なんぞ」

　お鹿が張り詰めた表情になり、江守の次の言葉を待った。

　江守がつづける。

「これまでまったく無関係と思っていた嶋屋が、実はそうでもないような節(ふし)が見えてきたのだ」

「どういうことでござんしょう」

「嶋屋は古くから、寺社奉行丹羽伯耆守殿とつながりがあった」

「えっ」

　お鹿の色が変わった。

「大名家ゆえ家の子郎党の数が多く、そこに嶋屋は入り込んで衣類一切の調達を任されていたという。つまり丹羽殿とは昵懇の間柄であったのだ」

「なんですって？　それでお寺社奉行様が、あの屋敷の後ろ楯になったというんですか」

「うむ、嶋屋と丹羽殿との関係からそういうことに。恐らく後ろ楯の件は嶋屋から頼まれたのではないかな」

前原が割って入り、

「やはりいかがわしい屋敷なのだな、お鹿。何もなければお寺社奉行殿が後ろ楯などになるはずはあるまい。万が一を考えたのだ。その万が一とは、われら町方の手が入るということだ。実際そういうことであれば、立ち入ることはできぬの」

江守がお鹿の顔を覗き込むようにして、

「お鹿、いったい屋敷のなかで何が行われていると思うか」

「大店の旦那衆が何日かに一度、屋敷に集まって来るそうなんです。前に調べた時、手翳しって妙な呼び名を耳にしました」

二人が怪訝に見交わし、

「手翳しだと？　なんじゃ、それは」

前原が言った。

「推量ですけど、置神様って呼ばれる人がいて、困った人に手を翳すと病気や悩みなんぞが消えてなくなるとか。そういった類のものじゃないかと」

「まやかしだな、それは」

江守が断言すると、お鹿もうなずき、

「へえ、まやかし以外のなにものでもありませんよ。昔からその手の騙りは後を絶ちません。ただ一旦信じ込んじまうと、なかなか抜け出すことは。何が置神様かと、こちとら笑っちまいますよ。けど神の手だと思えば、何もかもそれのお蔭に思えてくるんでしょう」

「そうするにはお鹿、騙りの定石というものがあろう」

さらに江守が言う。

「定石でござんすか」

「目の前に信じられぬ奇蹟を起こして見せるのだ」

お鹿がハッとなり、お民の顔を浮かべて、

「その心当たり、ありますよ。あたしに任せて下さいまし」

前原と江守が見交わしてうなずく。

「木賃宿の紅屋で七人殺しがあって、それでここまできましたけど、この一件、まだまだ奥が深いものと。腹を据えて追い込みますから、見ていて下さい。七人殺しが置神様屋敷と無関係とは思っておりませんので」

お鹿が決意を見せ、二人に言った。

十一

その日も秀次は佐賀町界隈に張りつき、武家屋敷や寺社の多い地域を歩き廻っていた。

道行く人が皆怪しく見え、秀次の目つきもつい鋭くなった。

稲荷の石段に腰掛け、弁当を使うことにした。腰にぶら提げた弁当包みを開き、竹筒の茶と共に昼飯を食らう。飯をぎっしり詰め込み、薄い塩鮭の切り身と沢庵だけの弁当だが、おぶんの心が籠もっていると思うと感謝の念ひとしおだ。

結婚して年数こそまだ少ないが、おぶんのことは過ぎた女房と思っている。喧嘩をしたことは一度もなく、世間の誰もがうらやむ夫婦仲で、人前で口には出さねど、秀次はおぶんのことを（恋女房）だと思っている。姑によく仕え、義弟にも心遣いをしてくれ、申し分がないのである。

弁当を食べ終わる頃、向こうの道で右往左往して人を探している多助の姿が目に入ってきた。何やら血相を変えている。

秀次が呼ぶと、多助は急いで駆け寄って来て、

「兄さん、探したぜ」

「何があった」

「遂に見つけたよ、お銀を」

「どこにいる」

秀次も目の色変えて言った。


多助の先導で駆けつけた先は、海辺大工町の湯屋（ゆうや）の前だった。

「半刻（一時間）ほどめえに奴はここにへえりやがった。女は長風呂だから、兄さんがいたら手を貸して貰おうと思ってさ」

秀次が失笑して、

「おめえ、甘やかしちゃならねえと自分から言っときながら、なんでえ、すぐにおれを頼るんだな」

「へへっ、すまねえ、情けねえよな、何せ相手が海千山千の女だもんで。おれぁあいつが苦手になっちまってよ」

「わかってらあ、よく頼ってくれたな」

湯屋に踏み込んで騒ぎを起こすわけにはいかないから、二人は物陰に隠れてお銀を待つことにした。


それから四半刻（三十分）後――。

お銀を高手小手に縛り上げ、秀次が縄尻を取って、近くの臨川寺の境内へ連れて来た。多助が緊張の面持ちでついて来ている。

湯屋から出て来たお銀を、秀次はあっさりお縄にしたのだ。人目のあるせいか、お銀の方も逆らわなかった。

縄を打たれた時、お銀が火のような目をくれ、多助は震え上がった。

秀次の命で多助が寺の住職に交渉し、土蔵を借りることになった。捕まえたばかりの科人の女が、性悪で自身番だと騒ぎ立てるのでちょんの間場所を借りたいと、秀次の入れ知恵で多助は言った。町方の者が管轄違いの寺の領内を借りるとなると、ことほどさように面倒なのである。

土蔵のなかには埃を被った仏壇、仏具、仏像などが無造作に置いてあり、そこにお銀を座らせて秀次の訊問が始まった。

「やい、この悪婆め、よくもおれたちのお父っつぁんを手に掛けてくれたな。それだけでも重罪だってのに、おめえはほかにも叩けば埃の出る躰みてえだ。お上へ突き出すめえに洗い浚い喋って貰うぜ」

お銀は横を向いて黙んまりを通している。

「おめえの情夫の室賀左膳てえ浪人は、いってえ何者なんだ。まずそこから教えて貰おうじゃねえか」

押し黙っているお銀の横っ面を、秀次が張り飛ばした。

お銀はくらっとなるが、ふてぶてしく、平然としている。

「室賀はどこにいる」

「ふン、言うものかね」

捨て鉢な口調だ。

「ゆんべはどうしてあの屋敷に泊まった。泊まるにゃ誰の許しを貰うんだ」

「駆け出しのおまえなんぞに喋るわきゃないだろ、この尻の青いひよっ子が」

「ほほう、上等だな」

秀次が憤怒でお銀に飛びかかり、容赦なく殴る蹴るを始めた。

多助は緊迫して見守っていたが、お銀が強かで手こずりそうなのに苛立ち、そこで仏像が目に止まった。一計が閃いてそれを抱え持ち、「兄さん、どいてくれ」と言って、仏像を横にしてお銀の膝の上に乗せた。石抱きの刑だ。

さすがにお銀はその重みに苦悶の表情になる。それでも歯を食いしばり、耐えている。

そのお銀に向かって多助が吼えた。

「や、やい、お銀、よくも騙してくれたな。おれぁ恥ずかしいぜ。おまえみたいなクソ女の甘い言葉にそそのかされて、お父っつぁんを売ったようなもんだからな。兄さんはお上へ突き出すと言ったが、おれぁそんなことはしねえ。ここでおめえを殺してやる。お父っつぁんの仇を討つぞ」

仏像に足を掛けて踏んづけ、さらに重みを増して多助は責めまくる。

「ああっ……うう……」

お銀が悲痛な声を漏らした。

すると秀次が、

「この女をここでぶっ殺すってないい思案だぜ。おれも同意すらあ。殺して裏庭に埋めちまおうじゃねえか」

「やめて、よしとくれ」

　お銀が叫んだ。

　秀次は多助と得たりとなって見交わし、

「それじゃ知ってることを白状しろ」

　多助と共に詰め寄った。

　殺すと言って脅すのは、事前に二人で決めておいたはったりだった。

「な、何を知りたいんだい」

「まずおいらになんで近づいた」

　多助が問う。

「岡っ引きどもの調べがどこまで進んでいるか知ろうとしたんだ。そうしたらおまえはぺらぺら喋ってくれた。あんまり素直で可愛いから、一度だけ抱かしてやったよ。そうだよね、多助ちゃん」

「違う、ぺらぺらなんて喋ってねえ」

　お銀は今度は秀次に向かい、

「それにこの出来の悪い弟はあんたの悪口も垂れ流していたよ。そのうち吠え面かかしてやるとかなんとか言って、こちとら兄弟だと思ってるから聞くに耐えなかったねえ」

多助は秀次の手前、赤面してうろたえ、

「兄さん、こいつの言うことなんか嘘っぱちだからな、耳を貸さねえでくれ」

秀次はあくまで冷静で、

「しんぺえするな。この女はあることないこと喋くりまくって、おれたち兄弟の仲を裂こうとしてるんだ。その手に乗るかってんだ」

お銀の髪をひっつかみ、烈しく揺さぶって、

「多助とのことはどうでもいい。化け物屋敷の話をしろ。殺すってな嘘じゃねえんだぞ」

唇を嚙み、再び黙り込むお銀の頰を、また秀次が強か（したた）に殴り飛ばした。今度は拳骨（げんこつ）だ。

お銀の唇が切れて血が流れ出た。

「そのきれいな面がふた目と見られねえようになってもいいのかよ」

「あ、あの屋敷のことはあたしだってよく知らないんだ。母屋の方に上がったことはないのさ」

「じゃ、ゆんべはどこに泊まった」

秀次が追及する。

「離れだよ」

「そこにゃ誰がいる」

「………………」

秀次が仏像の上にどさっと座り込んだ。その重みと痛みに、お銀は身悶え（みもだえ）して悲鳴を上げる。

「あたしのいい人だよ」

「名めえを言え」

「室賀左膳の旦那さ」

室賀が屋敷に住んでいるとわかり、秀次と多助は形相を変えた。

「室賀は屋敷に雇われてるのか」

「………………」

「どうなんだ」

秀次が猛（たけ）り狂った。

「そうだよ、雇われてるよ」

「置神様って呼ばれてる人だ。風啞坊とも名乗っている」

「誰に」

「そいつぁそこで何をやっている」

「知らないよ、本当に知らないんだ」

今度は多助が追及して、

「風啞坊を見たのか、どんな顔をしている」

「見たのは一度だけだよ。それもまともに見たわけじゃない。粋人を気取って茶人みたいな頭巾を被っていた。口許も隠してたんだ」

「言葉は交わしたのか」

これも多助だ。

「庭でばったり会ったことがあって、初めその人は誰だいって聞いてきて、室賀の旦那の女だってわかったら、何も言わなくなった。でもあの目は尋常じゃなかったよ。年は三十過ぎで、身の丈は五尺七、八寸てとこだ。目つきは怕かった。後は色黒だってことぐらいしか……」

「よしよし、上出来だぞ、今のでぶっ殺すのだけは許してやる。さあ、奉行所へ行くぜ」

秀次が仏像をどかせ、お銀を立たせて多助と共に扉口へ向かった。だがそこで二人は戦慄して凍りついた。

逆光で室賀が立っていたのだ。

「お銀、忘れ物だ」

銀の平打ちのかんざしをお銀の方へ放り投げた。それがお銀の足許に冷たい金属音を立てて落ちる。

多助が恐慌をきたした。

「兄さん、あいつだ、あいつが室賀左膳だ」

秀次が表情を引き締め、十手を構えた。

「おめえもこの女と一緒に番屋へしょっ引いてやる。神妙にしやがれ」

室賀は鼻で嗤い、

「なぜ能のない岡っ引きはおなじ科白を言うのだ。貴様らの父親もこのおれに向かって神妙にしろとほざいた。たわけが。その言葉は冥土のはなむけにしてやる」

朱鞘からすらりと抜刀した。

秀次と多助は飛びのいて身構える。多助はとっさに壁に立てかけてあった六尺棒をつかみ取った。

室賀が秀次にじりっと迫る。

それを見ていたお銀が身を揉みながら、

「おまえさん、その刀であたしの縄を解いとくれ。自由にしておくれ」

室賀は無言でお銀に近づいて白刃を向けるや、迷うことなく、無表情なままその胸を刺し貫いた。

「あっ」

ひと声、お銀が叫んだ。

室賀が刀を引き抜くと、お銀の胸から凄まじい量の血汐(ちしお)が飛んだ。

瀕死(ひんし)のお銀が怨(うら)みの目を向け、

「なんで、おまえさん……あんまりじゃないか。口封じのつもりかえ」

「惚れた男に手に掛けられたのだ。本望ではないのか」

「ほ、ほざきやがって……人に怨みがあるものかないものか、そのうち思い知らせてやるからね」

「おまえの戯(ざ)れ言(ごと)など取るに足らん。いずれわしも地獄道、向こうで待っているがよい」

「くそっ……畜生……」

カクッと首を垂れ、お銀は息絶えた。

佇立(ちょりつ)した室賀の横っ面に、多助のぶん投げた小型の仏壇がもろに当たった。それが粉々に壊れ、室賀は小さく呻(うめ)いて態勢を崩す。

その期に乗じ、多助が秀次に駆け寄り、

「兄さん、逃げるんだ」

「おう」

二人は必死で土蔵から飛び出した。

すかさず室賀は追って出るも、横っ面から夥(おびただ)しい出血が始まった。

「くそっ」

手拭いで血を止めながら、方向を見失い、室賀はふらつく足取りでさまよい歩く。

突如雷鳴が轟(とどろ)き、叩きつけるような雨が降ってきた。

濡れるに任せ、やがて室賀は消え去った。

第五章　置神様（おきがみさま）

一

秀次からの又聞きで、お銀の証言を知ったとたん、お鹿には閃くものがあった。

「あの目は尋常じゃなかったよ。年は三十過ぎで、身の丈は五尺七、八寸てとこだ。目つきは怕（こわ）かった。後は色黒だった」

お鹿の耳に、お銀のつぶやきが聞こえてくるようだった。

すぐにしまっておいた人相書を引っ張りだし、読み入った。

「甲州無宿巳之介、齢（よわい）三十二、身の丈五尺八寸、面長で月代（さかやき）伸ばし、眼光鋭く、色黒し。彼（か）の者、甲州山梨郡勝沼にて名主勘右衛門宅を襲い、家人九人を皆殺しの上、現金百両を強奪せしもの也（なり）。他の悪行数知れず。石和代官所甲斐代官増田安兵衛」

これだ、とお鹿は思った。同時にお鹿の身内から突き上げてくるものがあった。お鹿の身に具わった摩訶不思議な霊感である。閃きはそこからなのだ。確信を持った。置神様こと風啞坊なる謎の人物は、ここにある甲州無宿巳之介ではないのか。似た男はいくらもいようが、人相風体、すべて合致するような気がする。

押し黙って口を利かなくなったお鹿を、目の前の秀次が心配そうに覗き込んだ。その横には勘当を許された多助がいる。二人の背後にはおぶんの姿もあった。

お銀の死の翌日で、十手一家の奥の間だ。

「どうしたんだ、おっ母さん。何黙りこくってんだよ」

耐え切れずに秀次が言った。

お鹿が重い口を開き、置神様の風啞坊こそが巳之介ではないかという推測を口にした。

三人は驚きでざわついた。

「ええっ、本当かよ。いや、おっ母さんの言うことだから間違っちゃいねえと思うけど、それにしても信じられねえ話じゃねえか。そんな兇状持ちがなんだってこの江戸で。どうやってお寺社奉行様に渡りをつけたんだ」

秀次が言うと、多助も同感で、

「おっ母さん、ちょっととんでもねえ話だよな。当て推量もいいけど、どっかに無理はねえか」

「風啞坊がお寺社奉行様に渡りをつけたのは直じゃないみたいだ。木綿問屋の嶋屋に聞いてみよう。この足で行って来るよ」

お鹿が身支度を始めると、おぶんが惧れを持って、

「待って、おっ母さん。ここは一番じっくり考えた方がよくないですか。もし見当外れだったりしたら面倒なことに。相手はお寺社奉行様の御用達なんですよ」

「いいからいいから、おめえは口を出すな。おっ母さんのやることに外れはねえんだからよ」

秀次がおぶんをいなす。

それでもおぶんはまだ心配そうに、

「こんな時、お父っつぁんはどうしたかしらねえ」

「きっとあたしとおんなじことを考えたろうよ。お寺社奉行様ともあろう御方が、なんだってあの屋敷の後ろ楯になったのか、まずはそいつを嶋屋に聞きたいもんだ」

立ちかけるお鹿に、多助は膝頭を揃えて、

「あ、あの、おっ母さん」

「なんだい」

「えっと、遅ればせながら……勘当を解いてくれて、その、あの、有難うな。おれぁ本当に縁切りされると思って生きた心地がしなかったよ」

そこでお鹿は初めて笑みを見せ、多助の前に座って、

「こんないい倅を縁切りする馬鹿な親がいるものかね」

揶揄(やゆ)気味に言った。

「あ、いやぁ、耳が痛え。不肖(ふしょう)の倅とはまさにおれのことだもんなあ。穴があったらへえりてえや」

秀次が多助の肩を叩き、

「多助、その思いを忘れるんじゃねえぞ。まっとうにやってりゃそのうち手柄だって立てられるかも知れねえ。お天道様は見ていなさるんだ」

「チェッ、偉そうに」

小声でこぼしておき、

「これからも兄さんの後をついてくよ。よろしくな」

上っ面(うわつら)だけで言った。

「よし、大船に乗った気でいろ」

「これだよ」

多助が呆れ顔でおぶんに言う。

「おぶんさん、よくこんな奴と一緒に暮らせるね。いい加減うんざりしねえか。だって日がな一日こういう調子なんだろ。威張り腐ってさあ。疲れねえか」

おぶんはにっこり笑って、

「いいえ、ちっとも疲れないわ。だって惚れ合って一緒になったんだもの。不満なんて持つわけないでしょ。うちの人のどこがいけないのよ」

「ありゃあ、義姉さんも兄さんに似てきたんじゃねえかなあ。てえか、感化されてんな、こいつぁ」

お鹿は慈愛の目を多助に向けて、

「おまえも早く嫁さんを貰うんだね。そうしないと見えるものがいつまで経っても見えないよ。あたしだっておぶんとおなじようにお父っつぁんと惚れ合って一緒ンなったけど、不満のひとつも感じたことはなかった。夫婦ってのはさ、やってみないとわからないんだよ」

「なんか、おれだけ独りぼっちみてえだな。とは言ってもおっ母さん、十手を頂戴するまでおれぁ独り身をつづけるぜ。食わせていけねえものよ」

晴れて十手さえ持てば世間も一人前と認めてくれ、各商家からの付け届けが実入りとして貰えるようになる。それが実情であり、付け届けこそが岡っ引きの生活を支えるすべてなのだ。奉行所から支給される手当ては形ばかりのお泪金で、一方の商家の方は岡っ引きに護られれば安心して暮らしてゆける。つまり岡っ引きは、商家に食わせて貰っているのだ。

これは長きに亘っての悪しき習慣であり、奉行所が岡っ引きを正式な吏員として認めておらず、立場を曖昧にしている。岡っ引きを小者、手先、密偵などという身分にしておきながら、自腹を切らずに商家からの付け届けを黙認している。それでいながら捕物となると岡っ引きの尻を叩くのだ。いつの世でもお上というものは狡猾にできていて、誰かが改革でもしない限り悪弊はなくなるまい。

「そのうち身の立つようにしてやるよ。今は捕物に精を出すんだね」

お鹿の言葉に、多助は素直にうなずき、

「おっ母さん、嶋屋へ行くの、つき合うよ」

「そうかい」

「兄さんも行かねえか」

「言うまでもねえぜ、嶋屋がおれたちにどんな風にふるまうか、この目で見てえもんだ。なんぞ事情があるのかも知れねえしな」

三人が揃って戸口に向かい、おぶんが早速その背に切り火をした。

二

大伝馬町一丁目に、木綿問屋嶋屋は大きな店を構え、他を圧倒していた。

店土間は広く、大勢の人がひしめいて活気がある。木綿太物を求める業者や一般客に、番頭、手代らが応対している。

お鹿は秀次、多助をしたがえてやって来ると、番頭に十手を見せて所と名を告げ、主への目通りを願った。番頭はすぐに主宗兵衛へ取り次ぎ、三人は奥へ案内された。どこの商家も御用聞きには丁重なのだ。

さして待つ間もなく、女中が茶を置いて去ると入れ違いに宗兵衛が現れ、三人の前に対座した。肥満体の五十がらみで、如何にも世馴れて善良そうな男である。

「嶋屋宗兵衛でございます。お初にお目文字を。はてさて、深川の親分さんがどのような御用件で」

「置神様、またの名を風唖坊という人をご存知ですか」

単刀直入にお鹿が問うた。

「へえ、その御方ならよく」

「おまえさんとはどういう間柄なんです」

「風啞坊さんはご立派な御方でございます。知り合ったきっかけは三年前でして、寄合の席であたくしどもが土地のやくざ者に絡まれまして、あの人が助けて下すったんです。それも力ずくなどではなく、やくざ者を別室へ連れて行って懇々と諭され、事を荒立てずに収めて下さいました」

「どんな悶着だったんです。差し支えがなければ聞かせて下さいまし」

「つまらないことですよ。酒の入ったあたしどもがつい大声になって騒ぎ立ててしまい、その時隣りの座敷にいたやくざ者が文句を言いに来たんです。酒のせいであたしらも気が大きくなっていたんで、気色ばんでしまいました。そこへ風啞坊さんがお入りンなって、まあまあと」

「その時から風啞坊って名乗ってましたか」

「そうです、あたくしには粋人と呼んでくれると嬉しいと申されて。諍いを見事に捌いて下すったので、あたくしはすっかり感心してしまい、礼を申した後にいろいろ話をしまして、日を改めてお会いすることになったんです。そうして二度目に会った時には、あたくしはもうすっかりあの御方の虜になってしまいましたよ」

　お鹿は興味津々となり、

「虜ですって」

「へえ」

「何がそんなに旦那さんを喜ばせたんでしょうか」

「風啞坊さんは神懸かりのような不思議なお人でございまして、自分は一人でも多くの衆生を助けるために生きているのだと申されたんです」

　お鹿と秀次たちが無言で見交わし合った。共に暗黙の目で、（嘘臭い）と言っている。宗兵衛がつづける。

「あたくしが感じ入っておりますと、風啞坊さんが人助けをするためには道場がいる、なかなかそれに見合った場所や建物がなくて困っているという話をなさいました。その時ふっと思いついたのは、佐賀町にこさえたあたくしどもの寮でございます。倅夫婦を住まわせるために建てたんですが、嫁を病いで亡くしてしまい、倅はもうそこには住みたくないと申し、空家になっておりました。あたくしの好みでお武家風にこさえ、敷地は五百坪でございます。そういう家がありますがどうですかと風啞坊さんに聞いたら、すぐに乗り気になられ、是非借り受けたいと。話はとんとん拍子に進み、風唖坊さんに住んで頂くことになりました。あの御方と大家と店子の関係になって、あたくしは大変喜ばしいことだと思っておりますと、やがて風唖坊さんがお礼を致したいと申され、あたくしに奇蹟を施されたんでございます」

お鹿が思わず膝を進め、「どんな奇蹟を」と問うた。秀次と多助も聞き入っている。

「風唖坊さんはあたくしの片手をお取りになられ、そっとご自分のお手を重ねてこう申されたんです。これであなたは救われる、きっと一陽来復が得られると」

「得られたんですか」

宗兵衛は確とうなずき、

「嫁をなくして塞いでいた伜にそれがございました。あたくしは有頂天になりましたよ」

「伜さんにどんな幸福が訪れたんです」

お鹿の声はあくまで冷静だ。

「佳き人にめぐり逢えて、おつき合いの後に祝言の運びとなったんです。今では子も生して、商いに精を出しておりますよ。こんな嬉しいことはないじゃありませんか。それからは家運もさらに開けて、よいことずくめなんです。ですんで、佐賀町には足を向けて寝ておりません」

三人は嶋屋を出て、近くの茶店の床几に並んで掛け、味のない思いで甘酒を飲んだ。

最後に宗兵衛に、寺社奉行丹羽伯耆守が風唖坊の後ろ楯になった経緯を尋ねると、宗兵衛はこう言ったのである。

「あたくしどもが丹羽のお殿様の御用達であることは広く知られておりますが、風唖坊さんは丹羽様にもお目通りを願いたいと申されまして、そのように致しますと、なんとそこでも風唖坊さんは奇蹟を起こされたんでございますよ」

どんな奇蹟かとお鹿が問うと、宗兵衛は快活な笑みになって、

「お殿様には病気がちな若君様がおられるんですが、風唖坊さんがお手を翳すとみるみるお元気になられて。その時のお殿様の喜びようったらございませんでした。それで風唖坊さんが後ろ楯の話を願い出ますと、お殿様は一も二もなくお引受けに。あたくしも殿様も風唖坊さんは福の神だと思い、これからもしっかりお守りして上げようということになったんでございますよ」

秀次は虫酸が走るような顔になって、

「どう思う？　おっ母さん。嶋屋の話にゃ嘘はねえと思うけど」

秀次がお鹿に意見を求めた。

「どうもこうもあるものか、みんなまやかしに決まってるじゃないか。いいかえ、最初から行くよ。寄合の席で嶋屋に絡んできたやくざ者は、きっと風啞坊に雇われたんだよ。そいつの名前は店を出る時聞いて、両国界隈の捨三って男らしいからヒデ、おまえ当たっとくれ」

「うん、わかった」

「それからわからないのは嶋屋の倅の新しい嫁だねえ。まさかその人まで風啞坊の一味とは思えないから、その辺の事情はスケ、おまえが調べるんだ」

「あいよ、いろんな人に当たってみらあ」

お鹿は頭痛でもするようにこめかみに指を立て、

「難儀なのはお寺社奉行の若君様の件だよ。そんなところまで風啞坊は手を出せないと思うんだけど、どうやって病気がちを治したんだろうか」

「おっ母さん、おぶんの言い草じゃねえが、こんな時お父っつぁんだったらどうするのかな」

「うーん、どうするかねえ……」

お鹿が思案投げ首で考え込むと、多助が気掛かりな顔で、

「まだあるぜ、おっ母さん。風啞坊はあの屋敷に室賀左膳てえ殺し屋を飼ってるんだ。

奴を引っ張りだして拷問にでもかけりゃ謎はみんな解けると思うよ」

「そいつぁ七人殺しの嫌疑だけじゃなくて、うちの人もお銀も手に掛けている重罪人だ。そうおいそれとこっちの手に落ちるとは思えないよ。けど最後の手立てがあるとしたらその男だね。相手はお武家だから、その時にゃ江守様や前原様に助っ人を頼むさ」

そこでお鹿は「ああっ」とやり場のないような声を漏らし、

「岡っ引きになって最初の事件がこんな重大事じゃ先が思いやられるよ、まったく」

「めげるなよ、おっ母さん。おれたちがついてるじゃねえか」

秀次が励ますと、お鹿は負けん気の目になって、

「冗談じゃない、めげてたまるかい。うちの人の無念を思ったらやるっきゃないんだよ。何が何でも風啞坊の悪行を暴かなくっちゃ、あの人に顔向けできないじゃないか。歯を食いしばってあたしゃやるよ」

決然と言い切って、

「それに忘れちゃならないのは紅屋にいたお初のことさ。この人と風啞坊がどっかで結びつかなくちゃ、物事がきちんと納まらないんだ」

三

三年前、寄合の席で嶋屋に絡んだやくざ者の捨三は、両国界隈では札付きの破落戸(ごろつき)だった。

捨三は金廻りがよく、西両国の裏通りに家を構え、そこで独り暮らしをしている。といっても、四六時中子分が出入りしているし、またどんな事情か知らないが、引っ張り込んだ女たちの嬌声(きょうせい)や泣き声はしょっちゅうで、派手で賑やかな独り暮らしなのである。そういうことで近所の顰蹙(ひんしゅく)を買うも、鬼瓦(おにがわら)のような顔つきの捨三が怖くて誰も何も言えない。

今日も今日とて女を連れ込み、捨三が責め立てていた。女は裏長屋の女房らしく、木綿(もめん)の襤褸(ぼろ)を着てみすぼらしいが、器量よしで肉感的な女なので捨三の下心(したごころ)は歴然としていた。

「わざわざ来て貰ったなほかでもねえ。おめえの亭主のこさえた借金の件よ。わかってるよな」

女は怯(おび)えた顔で襟元(えりもと)を掻き合わせ、

「へ、へえ、うちの人が賭場で親分さんにお借りした一両二分です」

「おいおい、ふざけんなよ。一両二分じゃ済まねえんだよ。今じゃ利息ってものがついて二両と少々だ」

「えっ、まだそんなに日が経っちゃいませんよ」

「こちとらちょいとばかり利息が高えんだ」

「待ってくれませんか。亭主も心を入れ替えて仕事に励んでいますし、大晦日までにはなんとか」

「大分あらあな、大晦日までにゃ。それまで指を銜えて待ってるほど気長じゃねえんだ」

「けど無い袖は振れませんよ」

「そこで相談だ」

捨三はいきなり女に抱きついて、

「魚心に水心って言うだろ。おめえさんが何も言わねえで身を任せてくれりゃ待たねえこたねえぜ。なっ、いいだろ」

「よして下さい、帰らせて貰います」

振り払って行こうとする女を捨三が捉えて羽交締めにし、共に畳の上に転がって争いとなった。胸許に手を突っ込まれて乳房を揉まれ、女は嫌悪を露にして必死で抵抗する。

　そこへ勢いよく格子戸が開き、秀次がズカズカと押入って来た。

「やっ、なんだ、てめえは」

　吼える捨三の口に秀次はガチッと十手を嚙ませておき、女に行けとうながした。女は見繕いをして急いで飛び出して行った。

　秀次が捨三に顔をくっつけて睨み据え、

「三年めえのことを聞きてえ」

　口から十手が離れ、捨三はがなりたてる。

「てめえ、どこの岡っ引きだ。このおれ様を誰だと思っている。身のほどをわきまえろ」

「どうしようもねえ破落戸の捨三だろ。おめえが娑婆にいられんのも今日を限りよ。この足でしょっ引いて、今までの罪業を洗い浚い語って貰うぜ」

　捨三は慌てて態度を一変させ、

「なっ、ものは相談だ、なんでも言うことを聞くからよ、今日のところは勘弁してくれ。三年めえの何を知りてえんだ」

「佐賀町の風唖坊だよ」

とたんに捨三の形相が変わり、口を噤む。

「やい、こら、知らねえとは言わさねえぞ」

「知らねえ、おれぁ何も知らねえ」

「おめえは風唖坊に頼まれて嶋屋の寄合の席に言い掛かりをつけた。そいでもって風唖坊に諭されるってえ臭え芝居をして、どれくれえ貰ったんだ」

「な、なんの話をしてるんだかわからねえ」

捨三の首の付け根に十手が打撃された。

痛みに呻き、捨三は躰を折って転げ廻る。

「よし、おいらと来て貰おうか。自身番やお奉行所なんかすっ飛ばして、牢屋敷の拷問蔵へ行こうじゃねえか。海老責め、算盤責め、なんでもござれよ」

捨三が泡を食って、

「待ってくれ、ああっ、そうだ、急に三年めえのことを思い出したぜ」

「そうこなくっちゃいけねえや」

秀次が満面の笑みになった。

四

　十手一家は晩飯が済み、奥の間にお鹿、秀次、多助が集まっていた。台所からはおぶんが洗い物をする音が聞こえている。

　勇んだ顔で秀次が報告する。

「捨三の野郎、ちょっと脅したら三年前のことをすっかり喋ったぜ。おっ母さんの読み通り、風啞坊から頼まれて寄合の席に因縁をつけて揉め事にし、そこへ風啞坊が登場するってえ筋書だったんだとよ」

　お鹿が拳で膝を打ち、

「そうかい。よくやったね。でもその件だけじゃ大した罪にゃならないよ。捨三なんぞ目じゃないんだ」

「まっ、けど大番屋送りにゃしといたぜ。あんなのが野放しになってたらろくなことがねえからな。叩きゃいくらでも埃が出らあ」

「うむ、それでいいよ。ともかく風啞坊は嶋屋に近づく初めの一歩として、破落戸の捨三を使った。その前に嶋屋に目をつけて、お寺社奉行様の御用達や佐賀町の空家のことを調べといたんだろうよ」

「狙われたんだな、嶋屋は」

「旧悪であろうがなんであろうが、悪事はかならずバレることになってるのさ」

そこでお鹿は多助に目を転じ、

「スケ、おまえの方はどうだい」

「こっちも風啞坊の化けの皮が剝がれたよ。嶋屋の倅が嫁を亡くして悲嘆にくれていたのは確かだけど、自分で新しい人を見つけていたよ。父親にゃ内緒にしていたみたいだけどね、二人の仲は着々と進んでいたのさ。そのことも風啞坊は調べ済みだったんだ。倅の嫁ってのをチラッと見たけど、たまんなかったなあ」

「なんでおめえがたまんねえんだ」

「別嬪でよ、気立てがいいって評判なんだ。おれにもああいう人が来ねえかと思ってよ」

秀次がバッチンと多助の頭を叩き、

「余計なこと考えてるんじゃねえ。それよりおっ母さん、お寺社奉行様の若君の件はどうだった」

お鹿が難しい顔になり、

「うむむ、それだけまだつかめないんだよ。どうしたら躰の弱い子が元気になれたのか、解せないよねえ。まっ、けどその謎は置いといて、あたしゃ明日から旅に出るつもりでいるよ」

旅と聞いて秀次と多助は驚きで見交わす。

洗い物を終えたおぶんが前垂れで手を拭きながらやって来て、お鹿の言葉を聞き咎め、

「おっ母さん、また急に旅だなんて。どういうことなんですか。遊山なんかに行ってる時じゃありませんよ」

お鹿がふっと笑い、

「遊山なんかはね、この一件のかたがついてからの話さね」

「まっ、嬉しい」

遊山に行けると思い、おぶんはパッと喜色を浮かべた。

「いってえどこへ行くんだ、おっ母さん」

秀次が心配する。

「甲州さ」

三人が「あっ」となった。

「甲州都留郡犬目新田だよ。お初の在所へ行って、風啞坊、いえ、無宿巳之介とのつながりを見つけ出したいんだ。あたし一人で行くからね、これはもう決めたことなのさ」

三人に異論を唱える隙を与えず、お鹿が決然と言い放った。

五

内藤新宿から、甲州街道へ――。

布田、府中、日野、八王子、駒木野、小仏峠を越え、与瀬、吉野まで来ると、関野の関所から甲州都留郡となる。

関所では女の一人旅なので役人に足止めされたが、お鹿が江守忠左衛門の花押が捺された手札と十手を見せると、納得してそれ以後は不問に付された。

お鹿は菅笠を被り、手っ甲、脚絆を身につけ、女の旅には必携の杖を手にして、着物は足運びがいいように裾短かに着ている。道中荷は簡素な手行李ひとつだ。

さらに上の原、鶴川、野田尻を経て行く。

江戸を一歩でも出ると山また山で、それが武州、相州、甲州へと分け入るごとに深さを増し、山塊は朽葉色に染まり、遥か遠くの高い山々にはうっすら雪化粧が見えた。山は早くも冬の様相を呈し、厳寒の時節は始まっているのだ。

もはや吹く風さえ冷たく感じられ、お鹿は思わず菅笠を目深にした。

駒蔵と夫婦になって三十年、その間二人は関八州にはほとんど旅をしていた。御用旅もあったが遊山旅もあり、いい思い出ばかりだった。だから旅馴れてはいるのだ。遠国となると至難だが、いつか老後を迎える時がきたら行ってみたいと話し合っていたのが、つい昨日のことのように思える。

それが叶わなくなった今、お鹿は家族には決して言わないが、一人取り残され、日々寂しくてならない。この寂寥感を埋めるには、風啞坊や室賀左膳を召し捕ることしかないのである。

犬目宿に着いた時は、すでに夕暮れが始まっていた。

本陣が二軒、旅籠は十五もある大きな宿場で、旅人や住人たちで賑わっている。

鍬を担いだ百姓に番屋を聞き、訪ねた。

番人らしき老爺が早くも酒を舐めていて、しょぼついた目でお鹿を見た。鳥目なのかも知れない。

お鹿が江戸から来たことを告げ、十手を見せた上で、犬目新田の百姓儀助の家はどこかと尋ねた。

老爺は答える。

「ははあ、儀助さんかね」

「生きてますよね」

「長いこと会ってねえもんで、生きてるか死んでるかわかんねえなあ」

「家を教えてくれませんか」

「今から行くとなるとちょっと難儀だねえ。山ひとつ越えねえと行けねえだよ。日のあるうちならおらが案内したけどな。なんせあんた、山にゃ狼がわんさかおるでよ。食われちまうだに」

番屋の奥に小部屋があり、老爺の勧めもあって、親切に甘えて泊めて貰うことにした。

老爺は宿場に住んでいて、夜更けには帰るという。孫娘と暮らしているのだと、聞かれもしないことまで喋った。

老爺が囲炉裏で雑煮を煮てくれ、お鹿は有難く頂戴した。客人に餅をふるまうくらいだから、村はさほど困窮していないようだ。

お鹿の思いを察したように、老爺は言う。

「今でこそどうにかこうにか食えるようになったけんどな、少し前まではそりゃひどかっただに」

「御免なさい、あたし近頃は滅多に江戸から出ないもんで、こっちのことは知らないんですよ。兇作か何かに見舞われたんですか」

　老爺は暗い表情でうなずき、

「五年めえ、三年めえにもあったんだ。それで一揆が起こってな、大騒動になっただよ。犬目は元々田が少ねえもんで、そこからどうやったら年貢米を搾り取れるかと、お代官が無慈悲をしおるものだから、おらたちゃ飢え死にしたり、娘っ子を売り飛ばしたり、気が滅入るばかりの毎日だったのう」

「それじゃ儀助さん所も？」

「ンだ、爺様がいたけんど飢え死にしなさった。儀助さんにゃ何年も会ってねえが、あそこにゃお初って娘がいて、大月宿の旅籠に働きに出たというのは風の噂に聞いた。大月の方が犬目より小せえけんど、ここじゃ働きたくなかったんだろうな。けどそれっきりだった、お初は。一度もけえっちゃ来なかった。今頃どこでどうしているのやら」

　もうこの世にいないとは言えないから、お鹿は辛い思いでうつむいた。

翌朝、老爺が案内するというのを断って、道筋だけ教えて貰った。高齢の老人につき合わせるのは気が引けたからだ。

山ひとつ越えて里へ下り、お鹿は儀助の家を探し歩いた。途中で昼を迎え、老爺が持たせてくれた握り飯を食べた。茶の入った竹筒を忘れたのに気づき、やむなく沢の水を手で掬って飲んだ。冷たくて、泪が出るほどうまかった。

百姓家が点在するも、どこも大風が吹いたら呆気なく吹き飛ばされそうなぼろ家ばかりだ。稲刈りは終わったようで、田畑に人けはなかった。

馬を引いた百姓がやって来たので、儀助の家を聞いた。

だが百姓は顔を曇らせ、儀助の家は皆死に絶えたと言った。わけを聞くと、三年前に儀助が一揆に与していたことが今頃になって発覚し、代官所の役人にしょっ引かれた末、土蔵で縊られて死んだという。女房もその後首を吊ったので、家はもう崩壊した。お初のことを聞くと、百姓は長い間会っておらず、顔も忘れたと言い、おらの所の娘も働きに行ったまま何年も会っていないと零した。

お鹿はその足で大月まで旅をした。

天気が幸いして、雨に降られずに済んだ。街道は埃っぽく、冷たい空っ風が吹きまくっていた。

鳥沢、猿橋、駒橋を過ぎると、もう大月だった。本陣一軒、脇本陣二軒、旅籠二軒の小さな宿場である。遥か彼方には岩殿山、大菩薩峠が見えている。

山岳重畳たるその姿は、お鹿を圧倒した。

大月宿を突っ切る街道は、大月橋から桂川を渡る。左方向が富士山道で、ふっと見やると、白衣菅笠の道者数人が鉦を打ち鳴らしながらお山へ向かって行く姿が見えた。この岐れ道には巨木が繁り、その下陰に道祖神の祠や大燈籠、道標などが立っている。

大月でもお鹿は番屋を訪ね、身分を明かした上で、旅籠で働いていたお初のことを番人に調べて貰った。ここの番人は若者なのですぐに動いてくれた。

お鹿を番屋で待たせておき、番人は二軒の旅籠を駆けめぐり、やがて結果が得られた。番人は菊ノ屋という旅籠の老番頭を連れて来て、お鹿に引き合わせた。

奥の板の間でお鹿と老番頭は向き合った。

「まだそんなに経ってねえですから、お初のことはよく憶えてますよ。働き者のいい子でした」

「旅籠にはいつまでいたんですね」

「五年めえです」

「お初さん、何がきっかけで大月を出てったんでしょう」

「それは……」

老番頭は言い淀(よど)む。暫(しば)し沈黙する。

「教えて下さいな、番頭さん」

言いながら、お鹿は煙草盆(たばこぼん)を引き寄せ、道中荷から煙管(きせる)を取り出して葉を詰め、火をつけて一服燻(くゆ)らせた。

老番頭が重い口を開いて語りだした。

「五年前、甲州のこいら一帯を飢饉(ききん)が襲いましてな、百姓衆が立ち上がって一揆が起こったんです。その数は千人以上にも及び、大月から猿橋、犬目辺りはお代官所役人と百姓衆の合戦場みたいになりました。家々は打ち壊され、火を放たれ、役人の首は木に吊るされて、そりゃもう目を覆(おお)いたくなるようなむごい有様になりました」

菊ノ屋にも暴徒が押しかけ、略奪が始まった。お初は鄙(ひな)には稀(まれ)な器量よしだったので、暴徒の何人かが手込めにしようとした。

「ここで言っておかねばならないことがありまして、お初は飯盛女(めしもりおんな)だったんです」

その告白は、お鹿に驚きを与えなかった。佐賀町の易者天命堂から聞いた話の通りであったからだ。

躰を売って稼いだ金を、お初は犬目のふた親に送っていた。

菊ノ屋には勝沼の方から流れて来た旅人が泊まりつづけていて、お初とねんごろになっていた。金離れのいい男で、菊ノ屋としても下へも置かないもてなしをし、それがために売れっ子のお初をあてがったのだ。

その男がお初を助けて長脇差を抜き、暴徒に立ち向かったのだという。

お鹿は勝沼と聞いて険しい顔になり、

「番頭さん、その男の名前は」

「はあて、名前は……あっ、そうでした。お初が巳之さんと呼んでおりましたから、巳之介か巳之吉か、そこいら辺りの名前じゃないかと」

的を射た思いになり、お鹿は昂って、

「で、それから」

「百姓衆の一人が斬られて、ほかのもんは色をなして逃げて行きました。離れに赤子を連れた客がいまして、百姓衆が腹いせに火をつけて、みるみる燃え広がったんです。巳之という人はそこへも飛び込んで行って、母子を助け出したんです」

「偉い人ですねえ、お役人から褒められたんじゃないんですか」

　半信半疑でお鹿は言う。

「ところが妙なんですよ。それだけのことをしておきながら、巳之という人はこっそりと逃げるようにいなくなったんです」

「お初さんはどうしました」

「巳之さんの後を追うようにして、お初も出て行きました。飛脚が文を持って来ていましたから、恐らく巳之という人がお初を誘い出したんじゃないかと、みんなで話しておりました。けどそれっきり、お初がここへ戻ることはありませんでしたよ」

　お鹿が確信の目になり、灰吹きに煙管をポンと叩いた。

　巳之介に誘い出されたものの、何かの行き違いでも生じてお初は遂に会えなかったのではないか。それでやむにやまれず、巳之介を追って探しまくり、江戸へ出て来た。紅屋以前にもほかの木賃宿に泊まっていたかも知れないが、ともかくお初は江戸で巳之介を探しつづけていた。それがどこかで偶然にも巳之介と再会したとしたらどうだ。

　今や風啞坊となって別人として生きる巳之介にとって、昔の自分を知るお初は邪魔者以外の何者でもない。甲州山梨郡勝沼で名主の家人九人を殺戮した兇状も背負っている。金廻りがいいのはその時の百両が元手に違いない。お初によって旧悪がばれたら、すべては水の泡だ。寺社奉行の丹羽伯耆守や木綿問屋の嶋屋からは絶縁されるだろうし、あるいは訴人されるかも知れない。

巳之介としては、置神様となって手翳しをし、多くの金持ちを相手にぼろ儲けをしている現状の幸せは手放したくない。

結句、選択肢は一つしかなかった。室賀にお初を殺させるのだ。それもお初一人だけでなく、めくらましに宿の者や他の同宿者も殺してしまえば、誰を狙ったのかわからなくなる。探索の手も及ぶまい。与力岡島小金吾の推測通りなのだ。

お鹿は巳之介の謀略を看破した。

（さて、これからどうしよう）

どうやって置神様の屋敷に乗り込むか、それを考えると身の引き締まる思いだ。自分とて、命の危険に曝されるかも知れない。

（おまえさん、あたしの味方についていておくれよ）

切なる気持ちで、お鹿は駒蔵に祈った。

六

江戸町奉行は行政、司法、警察の事務を執り行い、武家、寺社を除いた江戸町民を管掌している。三千石高で、位は従五位下朝散大夫だから、扱いとしては小大名並となる。

序列は寺社奉行、町奉行、勘定奉行の順となり、これを三奉行と称する。町奉行も勘定奉行も大身旗本で、大変な権力者である。しかし大名の寺社奉行とは格が違って距離がある。高級官僚と大企業主の差であろうか。

竜の口評定所の裁判には、三奉行として列座するも、その場合でも座する位置さえ寺社奉行と距離を置いている。寺社奉行と町奉行はお城ではおなじ芙蓉の間詰なので、顔はしょっちゅう合わせてはいる。だが不仲というわけではないものの、私語を交わすことはほとんどなく、儀礼的な一礼のみである。

その日の昼下り、南町奉行岩瀬伊予守はおなじ芙蓉の間で、下城の支度をしている寺社奉行丹羽伯耆守に「御免」と言って近づいて行った。ついぞないことである。岩瀬の方が老齢で、丹羽は三十半ばの男盛りだ。共に肩衣半袴の定服姿である。

丹羽は日頃より朗らかな気性なので、笑みを湛えて岩瀬を見た。

「実は折入ってお話が」

「なんでござろう」

笑みを消さずに丹羽が答える。

「木綿問屋嶋屋宗兵衛なる者をご存知か」

「よく知っており申す。当家出入りを許しておるが」

「丹羽殿と嶋屋はご昵懇の間柄でござるな」

「左様」

丹羽は包み隠さず答える。

「丹羽殿と嶋屋は風啞坊とやらの粋人の後ろ楯になっておられる。間違いござらぬな」

それにも丹羽はうなずき、

「何を申されたいか、岩瀬殿」

「その風啞坊に些か問題がござり、近々町方の手が入りまする」

丹羽の顔から笑みが消えた。

「なんと……はて、風啞坊にどのような問題が」

「風紀紊乱、虚偽妄言をもって善男善女をたぶらかし、世を撹乱せし罪軽からず、よってここに断罪致したく――」

丹羽が慌てる。

「ま、待たれい。何かの間違いではござらぬか。風唖坊は決してそのような輩では。確たる証し立てはござるのか」

岩瀬は黙って丹羽を見ている。

「如何に、丹羽殿。証拠にござる」

「証拠はござらぬ」

岩瀬が老獪に断言した。

「何、それでは手出しは叶うまい」

「当方に取込み、じっくりと吟味を。さすれば化けの皮は剥がれ申そう。ただ丹羽殿が後ろ楯なだけにご承認を頂こうかと思いまして。風唖坊の詮議、お許し願いたい」

丹羽はさらに狼狽して、

「待て待て、岩瀬殿、もし仮に風唖坊がそのような人物とするなら、後ろ楯になっているみどもとて同罪ではないか」

「そうなってはならぬと思い、諫言を致しに参ったる次第。丹羽殿のおんためを思ってのことにござる」

「うぬぬっ……」

丹羽が追い込まれた。

「このままでは丹羽殿、播磨丹羽藩五万石が命脈、明日をも知れぬことになり申すぞ。それでもよろしいのか」

岩瀬に詰め寄られ、丹羽は窮地に立たされた。

さらに岩瀬は言い募る。

「風啞坊を取るか、五万石を守るか、二つに一つしかござらぬ。答えは明々白々、それがわからぬ丹羽殿ではないと思いまするが」

丹羽伊予守は青褪めた顔で岩瀬を見た。もはや逡巡している場合ではなかった。

七

町奉行の私邸は、奉行所とおなじ敷地内にある。

数寄屋橋御門内の南町奉行所の私邸、玉砂利の敷き詰められた庭先に、お鹿は面を伏せて畏まっていた。改まった身装で、黒の衣装を身に纏い、同色の羽織を着ている。

縁側には年番方与力高見沢監物、吟味方与力岡島小金吾、吟味方同心前原伊助、定廻り同心江守忠左衛門が居並んでいる。余人の姿は一切ない。

そこへ着流し姿になった岩瀬伊予守が私邸の方からやって来て、上段に座した。一同が一斉に平伏する。

「お鹿、われら一蓮托生（いちれんたくしょう）、崖（がけ）っ淵（ぷち）に立つことに相なったぞ」

岩瀬が声を掛け、お鹿は恐る恐る顔を上げて、眩（まぶ）しい目でお奉行様を見上げた。初めて御意を得て、さすがに硬くなっている。

「まずはお寺社奉行殿に、風唖坊の後見役を解いて貰わねばならぬがゆえ、彼奴（きやつ）めの召し捕りを匂わせた。証拠は何もなきゆえ、こっちも一世一代のはったりをかましたのだ」

「どうなりましたか」

「藩主としてお家を守るが第一ゆえ、風唖坊如（ごと）きと心中する道理もない。即座に彼奴（きやつ）めとは縁もゆかりもないと断言なされた。今頃は嶋屋にも通達が行っているはずじゃ。これでよかったかな、お鹿」

「はっ、お手数を取らせまして、お奉行様にはお礼の申し上げようもございません」

「うむ、後は皆でやってくれ。かくなる極悪人を断じて許してはならぬぞ」

再び一同が一斉にひれ伏した。

岩瀬が退席すると、五人は安堵の視線を交わし合い、高見沢が「近う寄れ」と言ったので、お鹿は進み出て縁下に侍った。

「さて、お鹿、なんとする」

高見沢が口を切り、

「われら一同、その方の申し立てを信じるがゆえ、賭けることにした。お奉行も申されたように、この件には確たる証拠は何もないのだ」

忸怩たる思いで、お鹿はうなずく。

「したがおまえが調べた通りに、兇状持ちの巳之介なる無宿者が江戸で成り上がり、騙りを働いたる上に多くの人の命を奪ったとするなら、到底許せることではない。万死に値する所業とはこのことを申すのであろう。一味共々、捕縛せしは当然のことじゃ」

「へえ、仰せの通りで」

「たとえ身命を賭してでもやってくれるか、お鹿。むろんわれらとて手をこまねいているつもりはないが」

お鹿は覚悟の目をまっすぐに上げ、

「あたくしもお奉行様同様に、一世一代の大仕事と思ってやらせて頂きます」

「うむ」

「これは死んだ亭主のためにも、やらなくちゃならないんです」

背水の陣で言い放った。

八

すぐに深川へ帰る気になれず、お鹿の足は自然と佐賀町へと向かっていた。

気がつけば霊雲院の裏手を歩いていて、線香の匂いにふっと見廻し、裏門からなかを覗き、お鹿は尋常ならざる顔になった。

墓所の一角で弥兵衛が僧侶何人かと悄然と佇み、粗末な墓に向かって拝んでいたのだ。

その場から離れられなくなり、お鹿は暫し見守った。

やがて弥兵衛が僧侶たちに礼を言い、手桶を手にとぼとぼと歩きだした。自分の住む炭小屋の方へ向かって行く。

その前にお鹿が飛び出した。

「弥兵衛さん」

お鹿を見ても反応はなく、弥兵衛は何も言わずに通り過ぎて行く。そして少し行ってふり返ると、「つき合ってくれねえか」とお鹿に言った。


炭小屋のなかで、お鹿は弥兵衛と向き合った。

「姉さんはあんなだったけど、元はもう少しましだったんだ。所帯を持っていたこともあるのさ。それが亭主に先立たれて、子も亡くしてな、不運つづきで一人ぼっちになっちまって、しでえによくねえ身過ぎ世過ぎを送るように……」

お民のことは確かにそういう人柄と思っていたから、お鹿は口を差し挟まないでいる。

「おれも陰ながら何かと助けちゃいたんだけどよ、こっちだって思うようにゆかねえ時だってあらあな」

勝手に話しつづけるから、お鹿は弥兵衛の言葉を遮って、

「弥兵衛さん、何があったんだい。まずそれを言っとくれな。姉さんがどうしたんだね。さっきのお墓は姉さんをとむらったのかい」

弥兵衛はうなずき、

「突き飛ばされて石で頭を打ってよ、打ち所が悪くって……最初は息があったんだが、その晩に逝(い)っちまった」

「誰に突き飛ばされたの」

「置神様ン所の番頭みてえな野郎だよ、確か時蔵(ときぞう)とかって名めえだったな。ほかにも何人かいたらしいや」

「なんだってそんなことになったんだい」

「金をもっとくれと言ったら断られたんで、姉さんは怒ってな、あんたン所でやってることを世間にばらしてやるって息巻いたみてえなんだ。切れぎれの息の下から、おれに事のしでえを語ってくれたのよ」

「その男どもはどんな連中なの」

「あそこで飼ってる破落戸みてえな奴らだ。それが堅気面(かたぎづら)して紺看板(こんかんばん)なんか着やがって、笑わせるなっちゅうんだ」

紺看板とは奉行所小者の仕着せのことで、干竹色の股引に紺の脚絆、紺足袋に草鞋履き、御用箱は紺風呂敷と、紺ずくめの風俗で、風唖坊ははったりでその辺を真似たものと思われる。

お鹿は深く息を吸い、吐き出すと、

「お民さんが何をやらされていたか、おおよその察しはつくよ。腰が曲がって杖を突いた婆さんを演らされていたんだろ。人が見てるとそれをやって、門から出て来るとしゃんとして、置神様のお蔭で奇蹟が起きたと。あたしもこの目で見たよ」

「その通りだ、そいつぁみんな嘘っぱちの騙りなんだ。あそこじゃいろんな手口で騙りをやってるんだぜ。それだけじゃねえ、あそこで言われたことは、姉さんだけじゃなく、町の衆みんな、置神様のことを外の人間に話しちゃならねえ、そして行儀よくしていろと、そう言われてたんだ。こいつぁどう考えても妙だろう」

「だったら弥兵衛さん、あたしが聞きに行った時に、どうしてすんなりそのことを明かしてくれなかったんだい」

「初めはおれも反対してたさ。騙りの片棒なんざ担ぐもんじゃねえってよ。なのに姉さんはそれを聞き容れねえで、結局それが飯の種になっちまった。欲かいて、貰いを上げてくれって言った姉さんもよくねえかも知れねえけどよ」

「おまえさん、それを出る所出て証言してくれるかい。あんたが今言った話はあたしが書き留めるからさ」

「できるわきゃねえだろ、そんなこと。おれまで何をされるかわかったもんじゃねえ。怖えんだぞ、置神様はよ。何をされるかわかったもんじゃねえ」

「何言ってるんだい、今あたしがあいつらの外堀を埋めてるからね、敵の力はどんどんなくなってるよ。もう少ししたら手も足も出せなくなるんだ」

「本当かよ」

「信じておくれ、お民さんの仇討をしてやるよ。世のため人のためにも、そんな連中のさばらしといちゃいけないんだ」

弥兵衛はお鹿に鼓舞され、目を輝かせて、

「ようし、そういうことなら手を貸すぜ。おれだって元々は名主の血筋なんだ。天下万民のためにもよくねえ奴らは退治しねえとな」

「そうこなくっちゃいけないよ」

お鹿は巻紙と矢立を取り出し、

「それじゃ書き取りを始めるよ、初めから順序立てて話しとくれ」

「どうでえ、今日はここに泊まってかねえかな」

「なんだって？」

「布団はひとつしかねえが、なんとかならあな。つれえだろ、後家の独り暮らしはよ。慰めてやりてえのさ」

伸びてくる弥兵衛の手を、お鹿は思い切り叩いて、

「つけ上がるんじゃないよ、このド助平は。姉さんを亡くしたばかりで何考えてるんだい」

「…………」

弥兵衛が黙って首を垂れた。

九

翌日の昼下り――。

生き証人である弥兵衛から、姉お民の死に至る経緯を書き取り、お鹿はそれを江守に読ませていた。

十手一家の奥の間で、江守の前にはお鹿、秀次、多助が顔を揃えている。三人は討ち入り直前の義士のような気持ちになり、固唾を呑んで江守を見守っている。おぶんは皆に茶を出すと、遠慮して別室へ下がった。

読み終え、江守は顔を上げるや、

「お鹿、よくぞここまでやってくれたな。これがあれば風啞坊を追い込めようぞ。ぐうの音も出まい。後は任せてくれ」

「いいえ、江守様、待って下さい」

お鹿が江守に膝行し、

「あたしが一人で屋敷へ乗り込みます。そうさせて下さいまし」

「そんなことはさせん、無謀過ぎるではないか」

「風啞坊に会って、その書状を読ませるつもりです。敵がなんと出るか、見物ですね。そのお民さんの件はきっかけに過ぎません。風啞坊が背負っている悪行を暴き出すのが狙いなんです」

「そんなことはわかっている。すでに寺社奉行殿は後ろ楯を下り、嶋屋も縁切りをしたと申しておる。風啞坊は味方をなくしたのだ。さすればわれらが踏み込まずしてなんとするか」

お鹿は食い下がる。

「江守様、そこをなんとか。どうかあたしにやらせて下さいまし。風啞坊と直に対決したいんですよ。人を殺してぬくぬくと生きてる奴を、この目で確と見てみたいんです」

「お鹿、相手は怖ろしい兇状持ちなのだぞ。刃傷に及んだらなんとする」

「跳ね返しますよ」

「ならぬ、お鹿」

お鹿と江守が束の間、火花を散らせて睨み合った。

「おっ母さん、江守様も折角おっしゃって下すってるんだから、ここまできたらもういいんじゃねえのか。わざわざ危ねえ橋を渡るこたねえぜ」

多助が言うのを、お鹿はピシャッとはねつけ、

「入船町の駒蔵親分の代理で行くんだよ、あたしゃ。これは亭主のとむらい合戦なんだ」

秀次が勇躍せんばかりにして、

「おっ母さんが大石内蔵助なら、おれぁ堀部安兵衛ってとこだよな。お供さしてくれよ」

「いけないね、ヒデ、あたしだけなんだよ。たった一人の忠臣蔵をやろうってんだから」

「おっ母さん……」

強固な意思に貫かれたお鹿を見て、江守は呆れ顔で嘆息し、

「おまえという奴は、まっこと怖いもの知らずであるな。常々駒蔵が申していた通りではないか」

「亭主がなんと言ってたんですか」

「火焔太鼓じゃよ」

「へっ？」

「炎の飾りをつけた大太鼓を、烈しく叩くおまえの姿が目に焼きついて離れぬと、そう申しておったわ。まさに言い得て妙であろう」

お鹿はやや顔を赤らめ、

「それはあの、ずっと昔に深川の祭に担ぎ出されて、つい周りのおだてに乗ってやっちまったんですよ」

「その火焔太鼓がおまえに合っているのだ」

「へ、へえ……」

「これからおっ母さんのこと、火焔太鼓って呼ぼうかな」

軽口を叩く多助の頭を、秀次はバチンとひっぱたいて、

「それじゃ江守様、捕物の手配りの方、よろしくお願え致しやす」

「相わかった。おまえも先頭に立つのだぞ、秀次」

「へい」

お鹿が皆に目顔でうなずき、仏間へ入って行った。

江守、秀次、多助がその後にしたがい、秀次に呼ばれたおぶんもやって来て後ろに座った。

鉦（かね）を打ち鳴らし、お鹿は仏壇に向かって拝み、

「おまえさん、いよいよ仇討だよ。しっかり見ていておくれ」

一同が粛然（しゅくぜん）と頭を下げた。

お鹿の瞼（まぶた）が小刻みに震えていた。

十

室町（むろまち）一丁目の下（くだ）り傘問屋（かさどんや）遠州屋（えんしゅうや）半右衛門（はんえもん）は一代で財を成し、今では奉公人百人以上の大店にのし上がった。

半右衛門には糟糠（そうこう）の妻お今（いま）がいて、それがこの数年癪（しゃく）が持病となり、苦しんでいた。長年の労苦が祟（たた）ったものと思われる。なんとか治してやろうと、半右衛門は八方手を尽くすも、お今の持病は一向に収まる気配がない。

そんな時人伝てに置神様の噂を聞きつけ、半右衛門はそれにとびついた。金に糸目はつけないつもりだった。だが療治を頼んでもすぐには叶えられず、半月ほど待たさ

れてようやくお声が掛かり、夫婦は喜び勇んで置神様の屋敷へやって来た。

控えの間に通され、夫婦は多少の不安を抱えながらも待たされた。そこは小部屋で、隣接した左右両隣りの部屋にも人が待たされていて、顔はわからないが、ひそひそと話し声が聞こえていた。知らず知らず夫婦はそれらの声に耳を傾けた。

右隣りの部屋では、先乗りした父子らしき二人が話している。

「痛むかい、お父っつぁん」

「ああ、古疵が痛くてならねえ。早くなんとかして貰いてえ」

「大丈夫だよ、大船に乗った気でいなよ。何せ置神様が手翳しをしてくれるだけで、悪い所がすぐに治っちまうらしいぜ」

「そりゃ願ってもねえ、金はいくらかかってもいいんだ」

左隣りの部屋は、兄弟と覚しき二人だ。

「兄さん、どうしておれたちにゃ運が開けねえんだ。こんなに一生懸命に働いてるってのに、ちっとも暮らしがよくならないじゃないか」

「だからおめえをここへ連れて来たんだよ。手翳しをして貰うと一遍に開運が叶うって話なんだ。置神様を信じてお願いしようぜ」

半右衛門とお今はそっと見交わし、安堵と期待の目になった。

やがて父子が呼ばれたらしく、部屋を出て行く気配がし、さらにその後に兄弟もいなくなった。

ひっそりとしたなかで、半右衛門夫婦が待っていると、唐紙の外から男の声がした。

「遠州屋半右衛門さん、お待たせしました」

「は、はい」

半右衛門がお今を立たせて唐紙を開ける。

そこに紺着板姿の陰気臭い中年の男が畏まっていて、時蔵と名乗り、

「只今より置神様がお会いになられます」

時蔵の後にしたがい、夫婦は期待に胸膨らませて屋敷の奥へと突き進んだ。森閑として人声や物音は一切聞こえない。

広座敷の上座に茶人のような帽子を被り、白衣に袴をつけた三十半ばの男が座して、こっちに鋭い目を向けてきた。

男には威圧感があり、身の丈は五尺八寸ほど、面長で眼光鋭く、色黒である。

夫婦は圧倒される思いで、畏怖の念でその前に座った。

「わたくしは風唖坊と申し、人様から粋人と呼ばれておりますが、神の使いも致しておるのです」

見た目とは違い、やわらかな口調でぬけぬけと言ってのけ、

「さて、お悩み事はどちらですかな。家運が栄え、商いもつつがなく参るようにお祈り致します。お躰の不具合も治して進ぜますよ」

半右衛門が藁にも縋る思いで膝を進め、

「家運、商いに支障はございません。ご相談したいのは家内の持病でございまして、長らく癪に苦しんでおるのです。それでお助け頂けたらと」

「ああ、それなら造作もありませんね。ではお内儀様、こちらへ」

導かれるまま、お今が膝行する。

風啞坊はじっとお今の顔を覗き込み、静かにその手を取って瞑目した。口のなかで何やら呪文めいた言葉をつぶやいている。

風啞坊の手の温かみがじんわりと伝わってきて、お今は不思議な気持ちになってきた。気分が安らいで、力が抜けていくようだ。

「今日は初手ですが、何度か手翳しをしているうちに持病はなくなりましょう。事は急いてはいけませんよ」

「へ、へえ」

お今が天にも昇る思いで答える。

風啞坊はお今の手の平の胼胝に触れ、

「ああ、なるほど。おまえ様は長いことよくお働きになってこられた。躰が休みたいと言ってるのでしょう」

半右衛門が得たりとなって、

「その通りなんでございます。今はもう楽になったので、家内を休ませてやろうと思っていたところでして」

「今日はこれでよろしい。またお出でなされよ」

夫婦が厚く礼を言って広座敷を出ると、廊下の向こうに時蔵が待っていて、療治代を頂きたいと言った。

「幾らだね」

「今日のところは三両でして」

手を翳しただけで三両は高いと思ったが、それで癪が治るなら安いものだと、半右衛門は言われた額を払い、お今と共に屋敷を後にした。

外はもう薄暗くなっていた。

それから半刻（三十分）ほどして、屋敷の裏門から役目を終えた四人の男が出て来た。

半右衛門夫婦の右隣りの部屋で、躰の痛みを訴えていた父親と倅。左隣りで運の悪さを嘆いていた兄弟だ。さらにその後にも四、五人の人相の悪いのがついて来ている。どんな役割をやらされているのか、この屋敷に雇われている連中だ。

彼らはいずれも破落戸風で、その日の手当てを貰って北叟笑んでいる。これから深川の遊所へ出掛ける相談が纏まり、談笑しながら歩きだしたところで、男たちはギョッとなって立ち尽くした。

周囲を六尺棒を携えた捕方の群れが、びっしり取り囲んでいるのだ。

江守と秀次が掻き分けて現れ、

「よっ、おめえら騙りの一味だな。じっくり番屋で調べさせて貰おうじゃねえか。神妙にしな」

秀次に十手を突きつけられ、男たちはとっさに喚いて逃げんとした。それに捕方の一団が殺到し、これに男たちが歯向かって乱闘となった。秀次が十手を振るって応戦し、何人かを叩き伏せる。

その騒ぎを尻目に、やって来たお鹿が江守と秀次に目で合図し、すばやく屋敷のなかへ入って行った。

多助が飛び出して来て、秀次の横に並び、

「兄さん、いよいよおっ母さんの討ち入りだぜ。でえ丈夫かなあ」

「おっ母さんはおめえと違って腹が据わってるんだ。なんとかやってのけるさ。それよりおめえはやることがあるんだ、早く行け」

「うん」

秀次にうながされ、多助はいずこへか消え去った。

屋敷の奥の院では風啞坊が帽子と白衣をかなぐり捨て、浴びるように酒を飲んでいた。

その前に座し、室賀左膳が酒をつき合っている。

「どうした、何を荒れている、巳之介」

室賀が冷然とした口調で言う。

「わけがわからねえんだ、さっきから妙な胸騒ぎがしてならねえのさ。こんなことは今までなかったぜ」

「ふン、おまえらしくないぞ。悪の道にかけてはわしの上を行くはずではなかったのか。おまえが人斬りをした数はとても歯が立たぬからな。知り合うて日こそ浅いが、おまえはわしの金蔵なのだ。おたついてつまらぬことで道を踏み違えるでないぞ」

巳之介は酒焼けした顔で室賀を見ると、

「金蔵か、なるほど。のたれ死にしそうだったおめえさんを助けたな確かにこのおれだ。お蔭で好き勝手な暮らしを手に入れて、言うこたねえよな」

「この世は持ちつ持たれつであろう。わしとおまえとは切っても切れぬ縁で結ばれているのだ。この先もうまくやってゆこうではないか」

「そいつに文句はねえ。七人殺しなんざほかの人にゃ頼めねえからな」

「頼まれるばかりでなく、おれはこの手で情婦まで手に掛けた。抜き差しならぬ場であったとしても、今では悔やまれてならぬ」

「ほほう、鬼のおめえさんにもそんな気持ちになることがあるのかい。あのお銀て女は確かにいい女にゃ違いなかったがよ」

「おい、おまえに鬼と言われたくないぞ」

「あはは、鬼が鬼と言っちゃいけねえか」

「左様。わしらは地獄に棲む鬼同士なのだ」

足音を忍ばせるようにして時蔵がやって来た。室賀に会釈しておき、巳之介に何やら囁く。

巳之介の顔色が変わった。

「なんだと、女の岡っ引き？」

「へえ、頭に会って話してえことがあると。奥の間に待たせておりやすが」

巳之介が室賀と見交わし、

「おい、どうしたらいい。面倒は嫌えなんだけどよ」

「何食わぬ顔で会えばよかろう。尻尾は何ひとつつかませておらぬはず、惚け通すのだ」

「くそっ、胸騒ぎがひどくなってきたぜ」

巳之介が帽子だけ被り、席を蹴って出て行った。


奥の間で待つお鹿の前に、巳之介が入って来て座った。

「あたしゃ入船町の鹿って申します。お見知りおきを」

十手を見せて膝の前に置いた。

巳之介は元の風啞坊に戻って、

「どのような御用件でございましょう。ここにはみだりに町方の御方は入れないようになっておりましてな。口幅ったいようですが、当家はお寺社奉行様が後見についているのですよ」

「おや、知らないんですか」

「はっ？」

「お寺社奉行丹羽伯耆守様は後見役を下りてますよ。昨日の今日だったからお耳に届いてなかったんでしょうね。それに嶋屋さんもおんなじで、後見は御免蒙ると。近々この屋敷を返して欲しいとも言ってました」

巳之介が愕然となり、うろたえる。

「そんな馬鹿な」

「なんですって」

「はったりだ、あんたの嘘っぱちに決まってるよ。丹羽様も嶋屋さんもあたしのことを敬って後ろ楯になって下すった。その人たちがどんな理由であたしを見限ると言うんだね。あり得ないことじゃないか」

「あり得るんだよ、それが」

お鹿はがらっと口調を変え、巳之介に向かって十手を取って突きつけ、

「やい、甲州無宿巳之介、神妙にしやがれ」

巳之介の顔から血の気が引いた。

お鹿がまくし立てる。

「おまえは三年前、甲州勝沼で名主勘右衛門宅を襲い、九人を手に掛けて百両をぶん取った。そうだろ」

「何を言ってるんだ、身に覚えはないね」

鉄面皮を決め込み、巳之介は答えて、

「馬鹿馬鹿しいったらないね。証拠も何もありゃしないのにこいつは言い掛かりだ。帰ってくれないか」

「証拠といやぁこういうものがあるけど、九人殺しに比べたら屁でもないやね」

お鹿が弥兵衛から聞き取った書状を取り出して放り投げ、

「こいつぁおまえに騙りの片棒を担がされたお民さんの口書だよ。長いこと猿芝居をやらされた揚句にここの時蔵って奴に殺されたのさ。それもこれも、みんなおまえの指図なんだろ」

「みんなでっち上げだ、話にならないね」

巳之介が立って行きかけた。

「待ちな、話はまだこれからだ。耳の穴かっぽじってよっく聞きやがれ。この外道の盗っ人が」

お鹿の勢いに呑まれ、巳之介はその場から動けなくなった。たじたじとなり、立っていたのが座り込む。

「勝沼から逃げを打って、おまえは大月宿の菊ノ屋って旅籠に草鞋を脱いだ。そこにお初って女中がいて、いい仲になってちょいとばかり長逗留したんだ。金廻りのいい客なんで菊ノ屋の方も下へも置かなかったろうよ。そこへ一揆が起こって、飢えた連中が襲って来たんだ。お初が手込めにされそうになった。おまえは長脇差を抜いて百姓の一人に斬りつけて、お初を救ったね、そうだろ」

巳之介は押し黙ったままでいる。

「おまえみたいな血も泪もない男が、よくぞ人助けなんかしたもんだ。おまけに火のなかから赤子まで助けている。けどそうしておきながら、兇状持ちのおまえは素性が知れたら困るんで大月から逃げ出した。江戸でも目指したんじゃないのかえ」

うつむいているから、巳之介の表情はわからない。

「逃げようとしたけど、おまえはお初への未練が断ち切れず、飛脚をやって呼び出した。お初はすぐに菊ノ屋を飛び出しておまえを追ったんだ。ところが何かが災いして逢うことは叶わなかった。行き違いのまま、おまえたち二人はとうとう逢えなかった」

巳之介の表情に微かに揺れが見えた。

「それから何年か経って、おまえは江戸でとてつもない福をつかんだのさ。きっかけはなんだか知らないけど、粋人に化けて風啞坊と名乗り、金持ちをたぶらかすことを思いついたんだ。最初の嶋屋がうまくいって、後はとんとん拍子に事が運んだ。お寺社奉行様の後ろ楯まで取りつけて、おまえはわが世の春だったんじゃないかえ。お寺社奉行様の躰の弱い若君が元気になったのはおまえの神通力のせいじゃない。前々から療治をしていた医者のお蔭で、南蛮渡来(なんばんとらい)の薬が効いてきたのさ。こっちはそこまで調べたんだからね。そんなこともおまえには幸いして、みんな手翳しの手柄になっちまった」

巳之介の顔がしだいに暗くなってきた。

「ところがそうはいかなかった、悪事は千里を走るんだよ。かならずどっかで馬脚(ばきゃく)を露(あら)わすことになってるんだ」

お鹿が身を乗り出し、ぐいっと巳之介を睨み据えると、

「いいかえ、ここからが肝心要(かんじんかなめ)だよ。お初はおまえを追って江戸に出て来て、西も東もわからないままおまえを探し歩いていた。それをおまえは見たんだ。どっかでお初とばったり出くわしたかなんかしたんだろうよ。おまえはお初が泊まっている宿屋を突き止め、室賀左膳てえお抱えの刺客(しかく)を送ったんだ。口封じのためにお初一人を殺

すと素性調べが始まって、もしかして手が及ぶか知れない。だから宿にいたほかの六人も皆殺しにしちまった。違うかえ」

巳之介は沈黙を通している。

お鹿が怒りを吐き捨てるように、

「こんなむごい話があるものか。なんの関わりもない人たちをどうして殺す気になれるんだい。おまえの住処(すみか)は地獄なんじゃないのかえ。そこからやって来た鬼だろう」

巳之介は無表情のまま、ある暗い情念を滾(たぎ)らせていた。

(このくそ婆ぁはまるで見てきたように言いやがるぜ。精々粋がっていやがれ。いつだってぶち殺せる。ほざいてろってんだ)

「さあ、後の話は番屋でじっくり聞こうじゃないか。縄を掛けるからとっとと立ちやがれ」

「…………」

すっと唐紙が開き、室賀が入って来た。

お鹿がカッと目を上げ、室賀を睨む。

「おまえだね、あたしの亭主を手に掛けたのは。この人でなし」

「ほざくがよい、どうせおまえは生きてここを出られんのだ。しかしよくぞそこまで調べ尽くしたな。褒めてとらすぞ。おまえの推量に間違いはひとつもなかった。すべてその通りなのだ」

「フン、揃いも揃って赤鬼青鬼の集まりだ。おまえたちはもう逃げられないんだよ。表にゃ御用提灯がズラッと取り囲んでるんだ。気がつかなかったのかい」

巳之介と室賀が狼狽の視線を交わし、動揺した。

「くそっ、胸騒ぎはそのせいだったのか」

巳之介がほざくと、お鹿が聞き咎め、

「おまえにも多少の霊感があるのかい。それがための置神様ってわけなんだね。そいつをもっといいところに使やぁいいものを、このろくでなしが」

「おい、左膳、この婆ぁを黙らせろ」

「わかっている、一刀両断にしてくれよう」

室賀が抜刀するや、余裕のうす笑いでお鹿に近づいた。するとお鹿がふところから唐辛子の混ざった砂粒の目潰しを取り出した。その目潰しを室賀の顔にぶっかける。目が火事になったような激痛で、油断していた室賀が呻いてよろけた。そこへお鹿が飛びかかり、十手で室賀の肩先を打撃した。

「あうっ」

お鹿は室賀の手から刀を奪い取り、ふり向いて切っ先を巳之介に向けようとし、あっとなった。

巳之介の姿は忽然（こつぜん）と消えていたのだ。

「畜生、ズラかったね」

血相変えて見廻し、お鹿はとりあえずそこで呼び子（よびこ）を吹いた。そして必死の目で巳之介を探し、部屋を飛び出して行った。

ややあって玄関の方が騒然とし、江守、秀次と捕方の一団が雪崩（なだれ）込んで来た。何人かで群がるも、室賀は烈しく抵抗して暴れまくった。その顔面や躰に何本もの六尺棒が叩きつけられる。もんどりうつ室賀に秀次と捕方が折り重なり、縄を打った。一方では、時蔵もお縄になって括（くく）られていた。

戦々恐々（せんせんきょうきょう）と見守っていた江守がハッとなって見廻し、

「お鹿はどうした、どこへ消えた」

お鹿を案じて叫んだ。

屋敷の裏手に隠し部屋があり、床（とこ）の間（ま）に垂れた房紐（ふさひも）を引くと壁が廻転し、闇の空間が覗く。石段を下りて行くと舟入りの間になっていて、小舟が一艘（いっそう）停められ、それに乗ると仙台堀へ出られるように造ってある。

　石段を下りて来た巳之介が舟に乗り込み、急いで掘割へ漕ぎ出した。腰に長脇差をぶち込んでいる。だが少し進むと、たちまち舟が浸水してきた。何者かが舟底に穴を開けておいたのだ。

「あっ、くそっ」

　巳之介が慌てる。

「逃げられっこないんだよ、おまえは」

　舟入りの間から、お鹿が姿を現した。その後ろに六尺棒を手にした多助がいる。

　巳之介の顔が険悪に歪む。

　お鹿は折り畳んだ絵図面を翳し、

「ここへ来る前に嶋屋の旦那から絵図面を拝借してきたんだ。表を通らないでこっから好きに出入りができるように、風流心でこさえたんだとさ。おまえの逃げ道のために造ったんじゃないんだよ」

　巳之介は出るに出られず、舟にしがみついている。浸水の量はさらに増え、巳之介の膝まで水に浸かってきた。

「おめえがこっから逃げると踏んで、おいらが舟に穴を開けといたんだ。もう諦めな、みっともねえぞ、じたばたするな」

舟はどんどん沈んでゆき、巳之介は必死で足掻（あが）いている。どうやら泳げないようだ。

「さあ、観念してこっちへ来るんだ」

お鹿が寄って来ると、殺意を剝き出しにした巳之介が長脇差を抜き放ち、吼えた。

「来るなら来てみろ、くそ婆ぁに捕まるおれじゃねえ」

白刃を鋭く閃かせた。

お鹿が多助の手から六尺棒をぶん取り、巳之介の脳天に打ち下ろした。たらっと血が流れ出る。その顔面がみるみる赤く染まった。

「くそ婆ぁかもしんないけど、只のくそ婆ぁとはわけが違うんだよ、このとんちき野郎」

お鹿にうながされ、多助が巳之介に躍りかかり、ぐるぐる巻きにして縄で縛り上げた。

精も根も尽き果てたのか、巳之介はがっくりとなって、もはや抗（あらが）うことはなかった。

十一

駒蔵の墓前で、お鹿と江守が睨み合っていた。

少し離れて、秀次、多助、おぶんが手に汗握るようにして見守っている。

「江守様、無理強いはいけませんよ。亭主の仇討ができて、あたしゃもうそれで充分なんです。これはお上にお返し致します」

駒蔵の十手を江守につかませた。

江守はそれを即座に押し返し、

「聞き分けのない女だな、おまえは。これはわしの一存ではない、お奉行からのお達しなのだ。引き続きお上の御用を務めてくれい」

お鹿がまた十手を差し戻し、

「考えてもみて下さい、女の身で何ができるってんです。そんなにあたしを早死にさせたいんですか。お奉行様には申し訳ありませんので、よろしくお伝えを」

江守はすぐに十手を手放し、

「ならぬ。これはご下命であるのだぞ。それにしたがえぬのなら、江戸追放に致すがよいか」

「そんなあ、困りますよ、追放だなんて。罪を犯したわけでもないのにひどいじゃないですか。ともかくもう十手は持ちませんから」

「罪を犯したわけでもない人間が囚われ、牢獄で泣きの泪でいる。そういうのをおまえは平気で見過ごせるのか」

「な、なんですって？　どこにそんな人がいるってんですか。すぐに助けて上げないと」

「頼む、助けてやってくれ。事件を初めから調べ直し、罪を晴らしてやる。それがおまえの役目なのだ。冤罪に泣く者は言葉の綾で、要するに世にはびこる悪事をなくして貰いたい」

「あたしの役目……」

「そうだ、おまえは駒蔵が言うように火焔太鼓のお鹿だ。悪党どもに向かって怒りの太鼓を叩いてくれ。それが役目と申している」

　十手が江守の手に戻らなくなった。

　ドン、ドン、ドン……。

　お鹿の耳に、遥か遠い昔の火焔太鼓の力強い響きが蘇ってきた。深川の祭で、太鼓を叩くお鹿を駒蔵が囃(はや)し立てている。お鹿は活(い)き活(い)きとして、駒蔵もそんな威勢のいい女房が自慢でならない顔をしている。なつかしくて仕方がない。叫びたい思いがする。もう一度あそこへ戻りたい。それが叶わぬのは百も承知だが、お鹿は前向きに考える。ささやかな庶民の幸せを奪う奴らは許せない。ならば自分が十手を持つしかないのではないか。

お鹿は決然として、十手を握りしめた。

「江守様、もう勝手は申しません。お上御用の儀、受けさせて頂きます」

澄んだ青空に、張りのあるお鹿の声が飛んだ。

時代小説

二見時代小説文庫

十手婆　文句あるかい　火焔太鼓

著者　和久田正明

発行所　株式会社　二見書房
東京都千代田区神田三崎町二―一八―一一
電話　〇三―三五一五―二三一一［営業］
　　　〇三―三五一五―二三一三［編集］
振替　〇〇一七〇―四―二六三九

印刷　株式会社　堀内印刷所
製本　株式会社　村上製本所

落丁・乱丁本はお取り替えいたします。
定価は、カバーに表示してあります。

ISBN978－4－576－18164－6
http://www.futami.co.jp/

藤木 桂

本丸 目付部屋 シリーズ

以下続刊

① 本丸 目付部屋 権威に媚びぬ十人
② 江戸城炎上

大名の行列と旗本の一行がお城近くで鉢合わせ、旗本方の中間がけがをしたのだが、手早い目付の差配で、事件は一件落着かと思われた。ところが、目付の出しゃばりととらえた大目付の、まだ年若い大名に対する逆恨みの仕打ちに目付筆頭の妹尾十左衛門は異を唱える。さらに大目付のいかがわしい秘密が見えてきて……。正義を貫く目付十人の清々しい活躍！

倉阪鬼一郎

小料理のどか屋人情帖

シリーズ

剣を包丁に持ち替えた市井の料理人・時吉。
のどか屋の小料理が人々の心をほっこり温める。

以下続刊

①人生の一椀
②倖せの一膳
③結び豆腐
④手毬寿司
⑤雪花菜飯（きらずめし）
⑥面影汁
⑦命のたれ
⑧夢のれん
⑨味の船
⑩希望粥（のぞみがゆ）
⑪心あかり
⑫江戸は負けず
⑬ほっこり宿
⑭江戸前祝い膳
⑮ここで生きる
⑯天保つむぎ糸
⑰ほまれの指
⑱走れ、千吉
⑲京なさけ
⑳きずな酒
㉑あっぱれ街道
㉒江戸ねこ日和
㉓兄さんの味
㉔風は西から

早見俊

居眠り同心 影御用

シリーズ

以下続刊

閑職に飛ばされた凄腕の元筆頭同心「居眠り番」蔵間源之助に舞い降りる影御用とは…!?

① 居眠り同心 影御用 源之助人助け帖
② 朝顔の姫
③ 与力の娘
④ 犬侍の嫁
⑤ 草笛が啼く
⑥ 同心の妹
⑦ 殿さまの貌
⑧ 信念の人
⑨ 惑いの剣
⑩ 青嵐を斬る
⑪ 風神狩り
⑫ 嵐の予兆
⑬ 七福神斬り

⑭ 名門斬り
⑮ 闇の狐狩り
⑯ 悪手斬り
⑰ 無法許さじ
⑱ 十万石を蹴る
⑲ 闇への誘い
⑳ 流麗の刺客
㉑ 虚構斬り
㉒ 春風の軍師
㉓ 炎剣が奔る
㉔㉕ 野望の埋火（上・下）
㉖ 幻の赦免船
㉗ 双面の旗本